16岁，我在日本：小留学生日记

赵一青 著

江苏凤凰文艺出版社
JIANGSU PHOENIX LITERATURE AND ART PUBLISHING LTD

图书在版编目（CIP）数据

16 岁，我在日本：小留学生日记 / 赵一青著．—
南京：江苏凤凰文艺出版社，2019.11
ISBN 978-7-5594-4219-2

Ⅰ．① 1… Ⅱ．①赵… Ⅲ．①日记–作品集–中国–
当代 Ⅳ．① I267.5

中国版本图书馆 CIP 数据核字 (2019) 第 252113 号

16 岁，我在日本：小留学生日记

赵一青 著

出　　品　九志天达
责任编辑　白　涵　刘洲原
责任印制　刘　巍
出版发行　江苏凤凰文艺出版社
　　　　　南京市中央路 165 号，邮编：210009
网　　址　http://www.jswenyi.com
印　　刷　三河市金泰源印务有限公司
开　　本　880mm × 1230mm 1/32
印　　张　8.75
字　　数　170 千字
版　　次　2019 年 11 月第 1 版　2019 年 11 月第 1 次印刷
书　　号　ISBN 978 - 7 - 5594 - 4219 - 2
定　　价　42.00 元

江苏凤凰文艺版图书凡印刷、装订错误可随时向承印厂调换

冈崎城日落时分的樱花

池坊花傳書
入門
傳書
華道家元池坊
池坊
趙一青
入門證
趙一青殿
あなたは華道家元池坊の門弟として
入門を許されました
よって永代帳に氏名を書きとめます
初心を忘れず教えを守りいけばなの
稽古に励んで下さい

获得池坊流花道证书

女儿节

冈崎城的樱花祭

冈崎城最后的红叶

电车外的风景

冈崎城特色午餐：田乐料理

序：可见的成长

在生活中，我们常常会看到这样的场景：家长拽着本应蹒跚学步的孩子不撒手，不让孩子自己走，生怕孩子摔跤。可是，不放手，孩子怎么学会走路？在学校里，类似的情形亦不鲜见。老师们天天盯着学生，生怕他们发生问题、惹出麻烦。其实这样只是掩盖了问题，让孩子带着这些看不见的问题走上社会。

为了培养学生的自主规划和自主管理能力，十一学校设计了一个小学段。就是在一个学期中间，划出两周的时间由学生自主支配。在小学段期间，学生仍然到校学习，但学校不安排统一的学习内容，每位学生根据自己的学习需求，或补弱，或提升，或拓展，或完成研究性学习，或进行高端实验室项目研究，等等。任何学科不得布置任何作业，任何老师也不得在小学段结束后组织任何考试、检测。第一次实施小学段时，正如有些老师担心的那样，许多学生并不适应，他们或不知所措，或放任自流，或贪大求多难以消化。于是，质疑声纷起，有些老师、家长希望取消这种问题丛生的学习方式。面对这些问题，我们没有轻言放弃。支撑我们坚持下来的道理十分简单——如果我们今天不在学校里放手，让学生们将这些不成熟、不适应在校园里表露出来，那么，他们只能在以后的大学校园里或者工作岗位上表现出来。如果我们的老师、家长总是“一手遮天”，始终不让孩子们独自走路的话，他们就永远无法长大。学校是学生走上社会前的一个试验场。我们必须充分放手，创造常态下的教育情境，让学生们在学校充分暴露问题，并帮助他们在矛盾冲突中、在问题解决中获得成长。现在，十一学校越来越多的孩子在小学段，在自由的空间里，萌生着自主精神和自律意识，养成了自主规划、自主学习、自主反思的习惯。只有孩子们带着这样的习惯走向社会，我们才会真正放心。

在赵一青同学身上，我看到了放手的力量，看到了她的成长。2017年9月至2018年7月，当时就读于十一学校高二的赵一青同学，在日本“光之丘女子高等学校”独自度过了为期十一个月的留学生活。她将自己的经历见闻与所思所想写成了一篇篇日记，这就是呈现在我们面前的十几万文字。

从这些文字中，我们可以看到，她的留学生活足够精彩。在这十一个月里，她和同学们一起，上课、考试，参加运动会与合唱比赛等学校活动，还加入了漫研社与花道社两个社团，更是在日本文化课上学习到了茶道、和纸工艺与浴衣的穿法，感受传统日本文化的魅力。课余时间，她去所在城市的图书馆给幼儿园的小朋友们开读书会，为儿童福利设施做街头募捐，看画展、听音乐会、参加日语歌大赛……她用教室后闲置的白板，为几个对中文感兴趣的日本同学上“小青的中文课”，给即将前往中国台湾地区研修的同学做中文讲座。许多同学因为她的到来而对中国产生了兴趣，因为她的存在而对中国有了好感，也有不少同学表示今后还会继续学习中文。她甚至成了一些同学学年论文的主人公。她努力像同学们那样，“既可以穿着笔挺的制服站在礼堂里唱歌，又可以裹着围裙一边擦汗一边扫除”，后来被当地人夸赞“一看就是光之丘的学生”——光之丘的学生“光之子”开朗热情、积极向上、很懂礼貌，在当地声誉极佳。对于一个十六岁的孩子来说，独自在异国他乡学习，又先后在多个日本寄宿家庭生活，各种磕碰是难免的。但“没有一件事情是没有意义的”，她努力解决各种问题，积极地前进着。这种跌跌撞撞的成长，其实更加难得、更为可贵。

正如赵一青同学自己所说，因为这些经历，她成了一个可以坦然接受自己的不完美却依然想要继续前进、想要与更多人进行双向交流的人，“一个比出发时的我更好的人”。赵一青同学于今年九月被日本早稻田大学录取。希望她续写属于她自己的故事。希望更多的孩子有更多自由的探索，获得个性化的成长。

李希贵

2019年10月2日

Part One

第一部分

2017

2017.09.04

怯懦的自尊心与傲慢的羞耻心

9月4日，虽然还没有到达日本，但却是我为期一年的留学生活的开始。今天是同期的小留学生们在北京集合、开始行前培训的日子。上午我们听了一个有关中日关系和在日生活注意事项的讲座，下午主要是在酒店听说明会。大概是从这时起，“一定要在这一年里做些什么”的强烈念头就已经破土而出了。我用从中岛敦的《山月记》中读到的短语，将这个念头的根源命名为“怯懦的自尊心与傲慢的羞耻心”。

“在认为自己是珍珠的同时，暗地里又不敢在历经磨炼后面对自己并不成器的事实，因此既不去磨炼自己的光芒，又因自视甚高而不屑于与身边的瓦砾为伍。”第一次读到这段话的时候，我整个人都呆住了。我能听到自己心里有个声音在问，为什么能有人如此轻而易举地把我的心态描绘得这样准确无误，而且还是用这样犀利到有些伤人的语言。在自负于自己肯定能成功的同时，又害怕失败，更害怕失败后承认自己的弱小与无能，最后干脆什么都不去做，同时还告诉自己“我并不是能力不足，只是没有努力而已”。

这样下去，最终只能永远沉浸在自欺欺人的美梦之中，落得眼高手低、望洋兴叹的结局。我知道这样不好，但在去日本之前，我一直难以摆脱这种状态。之所以说我有着“傲慢的羞耻心”，是因为我心里还是有目标的。打从决定大学本科要去日本留学后，我就立志一定要考上日本的最高学府东京大学。然而，由于“怯懦的自尊心”，我在确定了这个目标之后，又没有做过什么实质性的努力。在十一学校，去日本留学的学生并不多，高一时我一直和高考班的同学一起上课，每天学着以后用不到的东西，自然就会产生倦怠。这样浑浑噩噩地过了很久之后，“心连心”这个机会出现在了我眼前。我猜想或许换个环境会好一点，至少可以给自己找点事做。反正以后也要去日本留学，能提前过语言关也是好的。抱着这样不纯的私心，我通过了面试，确定了高二一年要在日本度过。

想要改变眼下的自己，想要在这一年里做点什么，想要成为一个配得上我的目标的、厉害的人。在这份心的驱使下，我无比认真地听完了讲座，将老师提到的要点都详细地记在了小小的笔记本上；我还在下午的行前培训会上挺直腰板，绷紧了神经，在日本老师讲话时不放过任何一个单词，即使这份焦虑并不有助于我更好地听懂她的话。

今晚是在北京的最后一晚。为我们送别的壮行会上的菜品不太好吃，不过也可能是因为我马上就要离开故乡、心中百感交集的同时还要打起精神和身边人交谈，搞得胃里紧巴巴的缘故。当然，除了不舍外，我的心中也充满了激动。我特别喜欢西装和学生制服，除了因为外观清爽整洁之外，还因为这种衣服有着向他人昭示身份的作用。西装厚厚的垫肩紧紧裹住肩膀，系到最高的扣子让雪白的衣领环绕在脖子上，一种我憧憬已久的“大人感”油然而生。今天能坐在这里，就说明有人认可我的日语水平和自理能力，同意我只身一人在异国他乡留学一年了。这对于只有十六岁、从来没有长时间离开过家的我来说，是相当高级的肯定了。

壮行会结束后时间还早，我就和爸妈一起逛街去了。那是个工作日的夜晚，夏天还没有结束，商场里摆着的已经是清一色的秋装。夜幕下的西单人来人往，灯火却十分安静。街道上方有很多排列整齐的天桥，顺着马路走，它们就从我们头顶一排排扫过——我两手分别挽着爸妈，可以不看路一边仰头看天一边往前走。这时候我右手边的爸爸突然说：“再见到你就是一年之后了。”我知道这是他在用他的方式表达不舍，但我不敢接话继续刺激他，害怕他会忍不住在我面前掉眼泪。

晚上回到酒店，我睡意全无，一直在听那首《风居住的街道》，结果越听越睡不着了。这首歌是我开始用手机时下的第一首歌，第一次听它还是在初一的初夏。这次再听，一下子又想起了那时崭新到发光的、还有太多可能性的夏天。那时凭着兴趣和单纯的执着开始学日语的我，又怎么可能料到四年后的这一天呢？

2017.09.05

离开与到达

我也没想到我会哭的。早早起来，洗漱，收拾东西，吃早饭，排队，把行李放进车里，一直到坐上大巴车为止都还好好的。车上坐满了刚刚认识的同学，爸妈的车就跟在后面，要哭也应该等到机场一边拥抱一边哭才对，没想到我会在路上就哭出来。

虽然已经是9月，但路两旁枝繁叶茂的槐树还都很迟钝地绿着。晨风凉爽宜人，日光尚未透过云层，清晨的天空中覆盖着一片银灰的薄云。浓绿的树荫下，灰瓦灰墙的早点铺依次开张，一身夏装的年轻人骑着共享单车从大巴车旁灵活地通过，穿着跨栏背心的大爷摇着蒲扇，店主掀开锅盖，露出蒸笼里又大又白的包子。一切都还沉睡在夏末秋初的梦里。如果现在下车，肯定能听见悠长的鸟叫。现在，在我所熟悉的北京，我所熟悉的人们都还在继续我熟悉的生活，而我马上就要走了，就要去一个陌生的地方了。

在意识到这点时，我倏地流下泪来，伸手去擦时眼泪反而顺着手背流下；紧紧捂住脸，泪水透过脸和掌根的缝隙流进衣领。我死死忍住才没有出声，但泪水完全停不下来。去机场的一路上，我就一直用这种方式向我所熟悉的一切告别。

等到真的到机场后，我反而平静下来了。身边的同学们都在和各自的父母告别，我听到旁边的父亲对女儿说“好好表现、努力学习”，心里有种莫名的骄傲，因为我得到的嘱托是“注意安全，开开心心”。终于要刷机票去坐摆渡车了，但我觉得缺了点什么，于是在闸机口前停下了脚步，用非常混乱的日语请随行的老师稍等我一下，接下来着猛地转身大步跑了回去，给了父母一人一个巨大的拥抱，大声说道：“再见！”

离别的感伤停留在机场，因为上了飞机之后，我便开始期待接下来的旅途。被激动填满的心已经没空去想被自己抛在身后的家乡了。两个多小时的航程的确不长，飞了没多会儿，就能看到蔚蓝的海、覆盖着大朵大朵白云的狭长海岸和银灰色的城市群了。领到了人生中第一张在留卡，办好出关手续，坐上大巴再下来，我便置身于东京一隅的夜色之中了。

我为期一年的留学，在此真正开始了。

2017.09.09

到达光之丘

经过三天的东京研修，我们第十二期生就要向各自留学的目的地出发了。9号早上，我见到了昨晚出席欢迎晚宴的、来接我去学校的日语老师。我要去的学校位于爱知县，是一所名为“光之丘女子高等学校”的女子高中。因为事先听说这里校规比较严格，所以我在见日语老师第一面时甚至紧张到说不出话来。但多年来一直负责教留学生日语的老师十分温柔，无论我怎样语无伦次她都只是含笑注视着我，耐心地听我把话说完。

我和老师从繁忙的东京站出发，坐上了大名鼎鼎的东海道新干线。因为是从东京驶向地方城市的班次，老师还特意让我坐了能看见富士山的右侧位置，然而云雾之中，富士山只是短暂地一闪而过。后来再坐新干线时，我发现在富士山附近的车站停车的时间并不短，大概是因为那时的我一直处于浑身紧张的状态下吧：第一次和日本人进行长时间交流的我操着一口半生不熟、毫无实战经验的日语，一路上一半的时间用来寻找话题和老师聊天，另一半时间则用来在假装看风景的同时组织语言。

从丰桥站下新干线后，我们又相继换乘了电车和公交才到了学校。刚一下车，就看到了之前在宣传手册上看到过的校门、洁白的圣母像和尖顶的礼拜堂。学校位于名为“光之丘”的山坡上，长长的坡道下是大片田野。今天刚好是举办文化祭的日子，但我到的时候已经是下午，所有摊位都已收拾完毕，穿着夏季校服的同学正一个个走出校门，真是遗憾啊。

初来乍到的我，刚一进门就在无意间违反了校规。走进学校后，日语老师先带我去见了负责留学生事宜的老师。面对着老师用速度极快的日语交代的大量信息和完全反应不过来的人名，在十一中待了四年、习惯了在学校使用手机的我下意识就掏出了手机想要记录，结果老师严肃地说如果再在校内拿出手机就要没收了，我只好尴尬地将手机收了回去。

记下了要做的事之后，我就搬着行李住进了校园中的宿舍“清光寮”，在这里正式住下来了。

2017.09.10

在清光寮的宿舍生活

在清光寮的生活迎来了第一个周末，我也差不多适应了住宿生活。在国内时，我从来没有住过宿舍，一切都只能摸索着来，所幸一开始就有宿管老师与学姐细致地为我从头说明了一遍。清光寮规则虽多，但也因此帮我过上了十分规律的生活。

住进宿舍的第一天晚上，同屋的同学小菜带我去了学校附近的百元店买了一些衣架、垃圾桶之类的生活用品。百元店里几乎全部商品都只要一百日元，除了日用品之外还有很多能令人眼前一亮的小东西。

宿舍生活要说有什么值得一提的，就是全员扫除了。

自己的衣服自己洗，晚饭吃完后自己的碗自己刷，自己的房间自己打扫以应对每周的检查——这些都还在我的意料之中，但我没有想到整个宿舍的清洁工作也都要我们自己做。比如说我所在的组本周负责打扫二层的卫生间，那么在这周早晚的祷告时间之后我们小组就要一起去二层的卫生间更换垃圾袋，擦玻璃与水槽什么的，然后在组内的三年级学姐检查完毕后互道一声“辛苦了”才能解散。晚上大家至少还有说有笑的，早上每个人都睡眼惺忪、神情冷漠，总让我有种坐立难安的感觉。

再说说宿舍的饭吧。住宿生的饭由专门的营养师负责，还有无限量供应的牛奶、果汁、米饭和味噌汤。早饭一般是面包片和鸡蛋，但几乎每个人都会给自己倒一碗麦片——有专门的冰箱与柜子供大家放自己买的吃的。相比之下，午饭与晚饭的种类就多多了，从烤鱼到意面应有尽有。后来我每周末的固定娱乐活动就是去看本周更新的菜谱，然后默默记住炸鸡块、汉堡肉或是乌冬面的日期。因为每个人晚上回到宿舍的时间都不同，所以每个人的午饭和晚饭都会蒙上保鲜膜，放在保温柜里，以保证每个人都能吃到热乎的饭菜。

说到食物，因为宿舍紧挨着学校内的修道院，所以修女嬷嬷们每次烤了饼干或是做了果冻时，总会拿一部分到宿舍来发。这种事情往往发生在人都回家了的周末，所以每周末都留在宿舍的我一般都能领到很多。在无事可做的周末听到宿管老师广播叫大家去食堂，到了之后发现修女嬷嬷也在，而桌子上摆着小小的点心——这便是宿舍生活中的小小惊喜了。

入住宿舍一个月后，宿管老师认为我已经适应宿舍生活、可以一个人住了，于是就让我搬到了隔壁房间。榻榻米的味道与硬度习惯了之后反而令人安心，唯一不能适应的就是它掉渣这点。所以后来发现即使是日本同学也更想住铺着木地板的洋式房间时，我心中只有强烈的理解与赞同。

2017.09.11

第一天上学

今天就开始正式上学了！周末算是熟悉了宿舍生活，不知道学校会是什么样子呢。抱着这样的期待，我成功地迷路了。早上八点半要去教师办公室跟全体老师打招呼，于是七点半时我就穿着从学校借来的校服，和宿管老师道了声“我出门了”后，就走出了清光寮。

阳光明媚，天气正好，可惜我既没有室内鞋又不认识路，就这样尴尬地穿着袜子站在楼门口不知所措，好在班主任老师认出了我，把我带到了一年级H班的教室。一路上我一直在和老师说话而没有好好认路。好巧不巧，我们班的教室夹在两栋教学楼之间，我就这样忽略了它隐秘的楼梯入口。

到班里后，老师请没有社团晨练的小月带我参观了整个校园。学生每天八点半到校，第一节课从九点开始。但在此之前，合唱团、垒球社和舞蹈社这些光之丘引以为傲的社团的社员还要参加晨练。走在校园里，随处可见垒球社的社员在走廊下练习投球，刚刚练完舞的舞蹈社的同学们在拔花坛里的野草。大致绕完一圈后，我为了去买水就让小月先回去了。没想到买完水后我就把自己丢了，在熟悉的地方转了半天却始终找不到刚刚走过的楼梯。没有办法，只能回到一开始的职员室门口，等到八点半进去和老师们做自我介绍。

和班主任回到教室后，就轮到向班上的同学们做自我介绍了。想到之前在宿舍时大家都叫我小青，我便请同学们也这样称呼我。听着同学们若有所思地轻声念着“小青”，我心里的不安顿时少了很多，以后要逐渐适应这个名字了啊。

上课前，全班都要起立听广播，我也有样学样地站了起来，没想到大家突然开始跟着广播里的伴奏唱歌，而且班主任也在一起唱，我彻底傻了，好在旁边的同学小香凑了过来和我一起看歌词本。虽然是第一次听到，但只是跟着哼哼旋律心中也莫名变得很温暖。当时的我不会知道，一年后，这首歌的歌名成了我留学报告的题目：让梦绽放吧。

然后就正式开始上课了。第一节课是数学，老师似乎是因为有留学生到来而格外开心，讲题之余还给大家读了一首他自己写的诗。然而下课铃响后老师直接就走了，只有我还在因为没有留作业而诧异。很久以后，我才知道大多数科目都是在开学发课程进度表时一并交代了什么时候该交什么作业，但当时的我以为真的没有作业，不由得感叹道：真好啊。

课间和同学们很愉快地聊了很久，很快便又上课了。接下来是现代文和古文，现代文虽然很长，但多读几遍也能猜出意思，古文就真的两眼一抹黑了。同学们见我一头雾水的样子，安慰我说她们身为日本人也看不懂，我只好期待以后讲到汉文与汉诗时能轻松一点。但看到方方正正的汉字间夹杂着的小小的日语假名时，本来无比熟悉的《春望》和《凉州词》又显得陌生了起来。

上过四节课后就到了午饭的时间。不住宿的同学们纷纷将桌子拼在一起掏出了便当，而我则匆匆赶往宿舍。在宿舍食堂吃过午饭后，回到教学楼又到了扫除时间。全校的学生穿着白围裙从各个教室中涌出，伴随着广播里播放的《圣母颂》，手持抹布或扫把开始扫除。我正在错误的楼梯口一脸茫然时，同班的小亚叫住了我，一起去洗了抹布并带我经历了我有生以来的第一次擦地。小亚说在日本很多人从小学时就要像这样做大扫除了。我和小亚就这样并排蹲着，在不到十米的走廊上缓缓推进。我累得不行，面对着自己擦出来的走廊甚至有点不舍得走在上面了。

下午的课于三点四十五结束，在此之后同学们或是直接回家或是赶去参加社团活动。在一片道别声中，我和几个同学聊了一会儿天之后也回到了宿舍。宿舍里静悄悄的，无论是食堂还是浴室都没有别人。虽然班主任说社团的事不用那么着急，但我还是想尽快决定下来。

2017.09.12

要不要加入放送部？

今天第二天上课，稍微轻车熟路了一点。现代文还是一样的难，英语课也没有想象中简单。第四节课则是专门为留学生开设的在茶室上的日本文化课。

目前学校里有四个留学生，分别是我，从中国台湾来的两个高二学姐，还有来自澳大利亚、现在在光之丘做助教的索菲。茶道老师同时也教我们浴衣的穿法与和纸工艺，人十分慈祥。光之丘多年来一直有接待留学生的传统，想必茶道老师也见多了像我一样手忙脚乱的新生，所以只是一边细致地讲解着每一个步骤一边微笑着说："不用着急，到最后自然就学会了。"身旁，早我半年来的索菲对于所有步骤都已轻车熟路，我不禁想象半年之后我是否也能做得如此优雅。在历经多重烦琐的步骤，艰难地泡好几杯茶后，我便揉着已经动弹不得的腿坐到了客座上，享用我和索菲泡好的茶以及一块精美的和果子。

下午的国际问题课恰好讲到了现代中国，讲义与教科书上罗列着用日语描绘的祖国，读起来十分新奇。然而，在老师问我“事实是这样的吗”的时候，我又突然感到惶恐。此刻班上的所有人都把我当成中国的代表，但拥有十三亿人口、横跨九百六十万平方公里的中国，怎么可能被我一个人所代表呢；可反过来讲，我也确确实实是“中国人”这个庞大集合的一部分。所以此刻我能做的，也只是表述我的经历与看法而已。看着老师同学们听了我的话后若有所思的样子，我第一次感受到了小留学生这一身份带来的重量。

下课后，昨天和我一起擦地的小亚带我去观摩了她所在的放送部的活动。放送部既是广播室也是电视台，一部分人负责每天早晚的广播，一部分人负责拍摄、制作校园短剧和纪录片。放送部明明是艺术类社团，然而走进阶梯教室后看到的却是同学们热火朝天地做准备活动的样子。原来这是为了让身体放松而进行的锻炼。我和小亚也加入其中，跟大家一起做完了从劈叉压腿到仰卧起坐的全套热身运动。

接下来就是发声练习了，练习的内容是乱序大声朗读日语五十音。这样在练习气息的同时还能兼顾发音，真是个好方法。然而几轮重复之后，我已经累到说不出话来，只能断断续续地问小亚为什么放送部对体力要求这么高，而小亚看上去则十分轻松，显然早已习惯了。

入学后的第二天也很快结束了。不得不说，光之丘的同学们真的非常非常友善。今天参观放送部时虽然我一再表示只是单纯想来看看，但无论是同级生还是学姐都把我当成潜在的社员一般热情招待，练习结束后还特意带我去机房看了她们独立拍摄的短剧，完全不觉得麻烦。班上同学们也都有好多话想跟我说，想学一两句中文的，想问问中国学校情况的，还有单纯想和外国人说话的，让初来乍到的我一点也不寂寞。虽然只是第二天，但希望往后一年能一直像今天这样。

2017.09.14

用歌声把人们的心连在一起

早饭去晚了，蛋黄酱和牛奶都没有了，只能把鸡蛋掰碎了放在面包上。

今天是周四，上课前全校都要戴上贝雷帽聚集到礼堂里做朝礼。朝礼前，我在老师的带领下去校长室和校长打了招呼。校长是住在修道院的修女，穿着修女服，非常亲切。朝礼上，全校三个年级近一千人分声部合唱《让梦绽放吧》，主席台上还有钢琴伴奏，一千人的歌声组成的曲调震得人头皮发麻，配合歌词有种切实的温暖人心的力量。

今天也是我第一次上音乐课，除了光之丘自编的歌以外，还学习了一些天主教的圣歌。小学毕业后就几乎没有参加过什么合唱活动的我，在这里再次找回了和大家一起唱歌的快乐。听着自己的声音汇入集体，组成共同的旋律，在与集体融为一体的同时又与集体相辅相成，合唱真是能够把人们的心维系在一起。

日本文化课上则学习了日本浴衣的穿法，和茶道一样令人完全摸不到头脑，只记得腰带勒紧时那“沙”的一声。

下午放学后去参观了家庭科部，今天的活动是做饼干。穿着借来的围裙，我也帮忙搅拌了原料，搅着搅着就能闻到黄油和面粉的香气了。我一边搅一边和同学说这个直接吃应该也会很好吃。最后，每个人都分到了一小块巧克力戚风蛋糕和半块饼干。西点果然还是刚出炉的最好吃，热腾腾的还带一点湿度，蘸上鲜奶油则更是美味。

不知为何，这几天班上同学和我开启话题的方式统一是：“我的名字用中文怎么说？”像今天下午课间我的桌子附近就围了一圈来问名字的人。我无比感激大家能主动来找我搭话，而且这种开启对话的方式非常好用，一方面能跟同学很快地说上话，比如这个名字里的汉字在中文里有什么意思啊，有什么有趣的谐音之类的；一方面也能很快记住对方的名字。到今天为止我来这里上学已经将近一周了，大概可以记住班上三分之一的同学的名字了。

2017.09.15

金色星期五

周五，日语中称为金曜日。来到光之丘的第一周就这样飞快地结束了。

第一节是体育课，同学们都换上了统一的运动服。运动服上写着每个人的名字，对于还记不全人名的我简直是福音。下周就是运动会了，每个人都要参加，临时到来的我被安排在了搬箱子接力跑的队伍里。不过说是箱子，其实只是三个大纸盒而已。

关于运动会，不得不说的就是我们班的啦啦操。啦啦操是每个班的同学自己编排的，要一边跳一边喊口号，最后还要在全校面前表演、评奖。我们班的舞是班长小井带着其他几个舞蹈社的同学一起编的，非常有活力，但练习的时候，我越听越觉得不对劲，向同学确认了一下才发现我并没有听错，我们口号里的主人公的确是班主任老师。整首歌将老师因为打棒球而晒得黝黑的脸、爱吃的食物和有点羞涩的性格巧妙地融入其中，估计正式演出的时候老师们会笑倒一片吧。班主任是教世界史和现代社会课的老师，乍看之下有点严肃，实际上能跟大家玩成一片，面对大家开的玩笑从来也只是无可奈何地笑笑。或许正因如此，大家唱得格外起劲，还说到时候要让老师也一起来跳啦啦操。

在留学生日语课上，日语老师给我讲了日语中汉文的阅读方法。现在古文课上正在学《鹬蚌相争》的典故，但教古文的老师读的时候我却完全听不懂。原来，古代日本人为了直接阅读用汉字写成的文章，使用了送假名和返回点，通过在汉文的语句中添加本不存在的助词和假名并调换句子成分的顺序以解决日语和汉语中语序和词语结构不同的问题。这样一来，古汉语的句子就能变成古日语。

下午去观摩了漫研社。因为文化祭刚刚结束，所以教室中弥漫着一股随意的气息，但在和社员们聊天时又仿佛有种找到了同类的感觉。此外，每天下午能有固定时间画画真是天堂啊。

2017.09.18

向西走就到了东冈崎

本来天气预报说周末有台风的，没想到过去得那么快。今天秋高气爽，凉风习习，阳光照在桌椅上十分温暖，不时又有微风吹进屋里，在这种氛围下读书学习真是惬意。难得的好天气，我打算赶快做完必须做的功课就出去逛逛。今天的目的地是班上同学们推荐的、位于学校附近的商场永旺。大家说那里离得近而且什么都有，最合适周末去玩了。周五漫研部的学姐听说我想去，还特意为我写了好几张问路卡，好让车站工作人员给我指路。但我觉得不过半个小时的路程而已，索性看着导航软件走着去吧。

顺着学校后方的坡道向上走去，明显能感到街道越来越宽，路旁也逐渐出现了快餐店、加油站这样的设施。突然，一片楼群扑面而来，又走了几百米，就远远看见了巨大的商场大楼，大到把我吓了一跳。听同学们说它大的时候我还不以为意，此刻却对这个雄踞在此、填满了我整个视线的庞然大物肃然起敬。

刚一进去，就知道这一下午肯定逛不完了。商场内部和北京的各种大型商场差不多，但长而直的走廊还是营造出一种空旷感。今天是敬老日，各个店铺都摆出了富有秋天色彩的点心以及老人特惠装，看得人目不暇接。令我痛苦的是，这里的每样点心看起来都一样好吃，如果我选择了某一样，对其他所有点心就都不公平，所以最后的决定是都不买。

商场楼上除了服装店以外还有书店和许多杂货店，我逛得太入迷以至于忘记了时间，出来时发现天已经开始黑了。宿舍的门禁时间是七点，我匆匆忙忙往回赶，回去的路上有一段特别黑，而且也没有什么行人，我是一路打着手电跑回去的，直到看到学校的灯光才松了一口气。回到宿舍，刚好赶上了洗澡的时间。

2017.09.20

抗震演习与运动会的准备

今天一天都是集体活动。上午，抗震演习进行得井然有序。警报响起后，大家先是躲在桌子下面保护头部，然后依照广播的指示一声不吭地从教学楼撤离到操场。演习结束后，教导主任老师讲话时也表示演习中的秩序非常重要，因为真的发生火灾或地震时，大家的行动必须尽量和平时演习时一样，不能张皇失措。

接下来一整个上午都是忙碌的运动会开幕式彩排。上周五体育课上学的光之丘健身操已经忘得差不多了，只能跟着前面同学一起跳。此外，有一件事始终困扰着我。我能理解去运动场的时候要穿运动鞋，可明明室内鞋也可以在教学楼外走动，为什么大家认为它比上下学时穿的皮鞋要干净呢？

彩排结束得比预定时间要早，我吃完午饭回到教室后稍微睡了一会儿，醒来后发现整个教室都飘满了塑料布和各色彩纸，是大家开始准备明天跳啦啦操时需要的服装和小话筒了。说是服装，其实就是在剪成上衣和裙子形状的大块塑料布上粘上一些简单的装饰，做成衣服套在身上。全班同学共同流水线作业，有人负责剪圆形纸片，有人负责把纸片粘在塑料布上；有人负责做蝴蝶结，有人负责把蝴蝶结用订书机钉在塑料布上。我醒来的时候大家已经分工完了，我也赶紧加入给纸片贴双面胶的行列，然后手也不停地贴了半个多小时。很快，全班人的行头就都完成了。

准备完成后，大家又开始继续啦啦操的练习。就像我之前的日记里写到的那样，我们班的同学编的是一首饱含大家对班主任深厚感情的歌，每当我笑到喊不下去的时候旁边同学都会开导我："没关系的，反正到时候最羞耻的是老师。"最后，一直挂着尴尬微笑站在旁边看完了全程的班主任还是同意了我们一起跳的请求。

今天那么多同学用完了自己的胶条和胶水，但没有谁抱怨过，大家都用一种相当理所应当的态度贡献着自己的力量。当然，买话筒、塑料布和彩纸、彩带的钱是全班同学一起出的。虽然彼此工作的难易程度不同，但大家都用一种任劳任怨、毫不计较的态度对待自己负责的部分。比如说我的工作其实只是在小纸片上贴双面胶而已，但负责剪纸的同学每次把剪好的纸片递给我时都会说一句"拜托了"。我认为这种态度是集体合作的黏合剂。若非如此，在最后拿到成品时也很难产生"这是我和大家一起做出来的"的满足感了吧。此外，我本以为女校的学生应该都会是文静优雅的大小姐，没想到可能刚好相反。正是因为没有同龄男生的存在，使得体力劳动需要所有女孩子共同承担。在这种情况下，每个人都毫不扭捏，对自己分到的任务也毫无怨言。既可以穿着笔挺的制服站在礼堂里唱歌，又可以裹着围裙一边擦汗一边扫除，这便是光之丘想要培养的学生吧。

明天就是运动会了，今天还是早点睡吧。

2017.09.21

运动会，加油！

终于到了运动会的日子了！先汇报成绩吧，我们H班同时获得了年级总成绩第一名和啦啦操第一名的好成绩，真是太开心了！

从天气上来说，今天其实不是个好日子，早上冷，紧接着上午又是大太阳，还因为没什么风而十分闷热。如果不是同学借我防晒霜擦，毫无准备的我还不知道会被晒成什么样子。但即便如此，我们班还是取得了这样的好成绩！

运动会上，每个人头上都要系一条班级代表色的绑带，我们班是水蓝色。每当有比赛开始时，只要寻找这抹蓝色就能找到H班的选手。虽然它捂得额头出汗还老是松开，但天知道我有多喜欢它。

开幕式和热身操结束后，比赛就正式开始了。我只参加了一个项目，但给班上同学加油倒是一场都没落下。第一场比赛是150米跑，因为我们班的座位正对着起跑线，所以可以在起跑阶段就开始喊，一直喊到选手直道冲刺。大家在加油时喊得真拼啊，我身边的人到后来嗓子都喊哑了。一开始我还以为我们只是士气旺，没想到实力同样强劲，第一场的三个同学中就有一个得了第一，其他同学不是第二就是第三。我还持续在惊讶状态中，第二场600米接力的成绩也下来了。

第三场比赛就是我参加的搬着箱子接力了。三个空的大号快件箱摞在一起，规则是手只能碰最下面一个箱子，每人跑75米。虽说这个比赛正式的名字是“奔跑吧，快递员”，但因为害怕箱子倒下来耽误时间，大家都是小碎步快走。我们班的第一棒是个个子娇小的姑娘，一摞箱子甚至比她高出半头，等到我接棒的时候最上面一个箱子已经摇摇欲坠，我只能偏着头跑，但跑到一半它还是掉下来了，不得不停下来把它重新摆正。在那之后我开始加速，在同学们的加油声中终于在交接时赶上了第一名。把箱子平稳交给下一棒之后，我和队伍里的同学们一个个击掌欢呼。最后，H班又获得了第一名。

上午的比赛结束后，我去宿舍领了便当带到教室和同学们一起吃。第一次能和同学们在教室吃便当，我本来很期待，但大家都累得没有心思聊天。下午天更热了，我们光是坐在座位上都浑身出汗。就在这时，小亚出场了。我此前对小亚的印象停留在声音甜美的放送部骨干上，看到她站在600米接力最后一棒的位置上时还有些诧异。但小亚跑起来的时候简直像飞一样，将其他赛道的选手远远甩在身后。我怎么也想不到每天一起擦地时每句话都带着笑的她，撞线的那一瞬间会如此帅气。

终于，我们迎来了全员参与的啦啦操大赛。光凭语言完全无法描述全班近四十个同学身披缀满纸片的塑料布、挥舞着颜色鲜艳的塑料话筒、一边整齐地跳操一边高声歌唱我们的班主任的景象，太壮观了，更何况歌词中提到的老师本人也在队伍正中和我们一起跳。最后，我们充满活力的啦啦操以全班同学摆出的H形结束，就凭我们富有活力的动作与洪亮的声音，也应该拿个第一名吧！我之前听大家在喊口号说“绝不会输”的时候还有些隐隐的担心，现在看来是多余的了。

最后是一项颇有可看性的比赛：社团间接力赛。同学们不再以班而是以社团为单位进行接力赛。考虑到社团的性质不同，比赛分成了运动部和文化部，还特意让田径队晚起跑了几秒，然而结果田径队仍旧是第一——毕竟光之丘的田径队可是参加了全国长跑比赛的啊。文化部的选手则们各有创意，像美术部就把接力棒换成了一根巨大的画笔，而上周在漫研社见过的学姐跑过时，我看到她穿着的文化衫背后写着：背上的伤痕是剑士之耻。

闭幕式开始了，大家列队坐在操场上，等着放送部的同学宣布成绩。我预想我们应该不会差到哪儿去，但没有想到居然是总分和啦啦操两个第一，真是太棒了！大家都激动得从地上跳了起来相互击掌。等到宣布三年级成绩时，那边的欢呼声更是震天响。毕竟对学姐们来说，这就是高中时代所剩无几的集体活动了。

拿着作为奖品的毛巾和手提袋，运动会就这样圆满地结束了。对我来说，这次运动会不光是和同学们共同经历了一件大事、跟之前没怎么说话的同学聊上了天这么简单。看着大家拼搏欢呼的样子，我也跟着一起热血沸腾了起来。当初同学们问我有没有想参加的比赛时，如果我能直说“其实我很擅长投实心球，可以让我试试吗”的话，现在会不会更加激动呢？好在，虽然错过的机会不会重来，但我的留学生活也才刚刚开始。我能做的事，还有很多。

2017.10.01

与小真一起购物

10月是日本的服装换季月，从这个月开始，就要把夏装收起来去买冬天的衣服。

我们的第一站是永旺，不同的是我终于坐上了电车和巴士。日本的公交车买票时需要在上车时领一张票并在要下的站前按铃，最后下车时要把点好的零钱和票一起放到投币箱里，从前门下车。当然，如果刷卡就完全没有这些问题了。

逛街果然还是要和朋友一边聊天一边逛，哪怕只是看着橱窗里精致的小物件反复说“好可爱好可爱”也能让人心情变好。有小真给我当导游，我们兴致盎然地逛了很多店铺，走累了又去喝了我来日本后的第一杯星巴克。但商场里的衣服果然还是太贵了，我们离开商场，走路去了她推荐的百元店大创买了许多文具与日用品。从大创出来之后，我们又顺着我那天去永旺的路往学校走。学校、车站、永旺和大创构成了一个大圆，我们相当于绕着这个圆走了一圈。

在绕了这样一个大圈之后，我们回到了学校门口，但今天出门本来是要买衣服的，所以小真又带着我顺着学校正面的山坡走到了一家便宜的服装店。小真告诉我说，日本人秋天要穿红色，冬天则是白色或灰色。我买了一件很长的开衫毛衣，这样在来暖气之前应该也不会冷了。小真还给我推荐了镶绒的打底裤，说等再冷一点大家都会穿这个的。

至此，我在宿舍生活的东西就基本置办齐全了。

2017.10.08

加入漫研社啦

加入漫研社其实是上周的事了。在日本，社团活动是高中生活的重要组成部分，尤其在光之丘这样很看重社团的学校，刚刚来的时候就有很多同学问我想参加什么社团。其实在来之前我原本参加茶道社来着，但现在在每周的日本文化课上都能练习茶道，所以还是依照本心加入漫研社，开心地画画吧。

漫研社的主要活动内容一是讨论动漫相关的话题，二是绘制插画。但由于校内不能使用手机和电脑，所以大家在手绘之余大多用牙签在塑料板上作画，然后把成品在文化祭上卖。能有两个小时的时间专心画画对以前的我来说是求之不得的机会，现在总算能认真对待原来当作消遣的爱好了。

当然，参加社团还能认识许多有着共同兴趣爱好的人。社团活动时，一个同级生主动和我聊天，问我爱看什么漫画。那一瞬间就像回到了国内爱看动漫的朋友之中一样，说到去年一部热门动画里我们两个都特别喜欢的一个角色时，更是像找到组织般高兴。周一社团活动的时候，她还特意带来了这部动画的官方画集跟我一起看。我们凑在一张桌子旁激动地翻看，虽然阅读密密麻麻的竖排小字对我来说并不是很轻松，但热爱果然就是动力。我们一边看一边你一言我一语地聊着："我当初看的时候就奇怪是怎么回事，原来是这样啊。""这个细节我完全没注意到诶。""我好喜欢这身衣服的，可惜根本没出场几次啊。"按理说人在激动时语速会加快，但此时我的口语水平远超往日，无论她说什么都能立刻理解，整段对话都进行得非常流畅。

还有一件令我印象深刻的事。在第一次来参观时，漫研社社长正在临摹网易的手游《阴阳师》的图片，听说我是留学生后激动地对我说："《阴阳师》太好玩了，感谢中国人做出这么好玩的游戏。"我有些惊讶，从没想到来日本之后第一次被当成"中国人"感谢会是因为一款游戏。这款游戏是以日本的妖怪文化为背景的，但在我身边的中国同学中也很有人气，后来日本服务器的开服又把它传回了日本。日本的传统文化在中国人的包装制作下打动了日本的玩家，这个文化传播的过程让我一时有些不知该说什么好，但被人感谢尤其是被当成中国人感谢，总归还是一件令人开心、自豪的事。能在做喜欢的事的同时和有相似爱好的人聚在一起，漫研社真是个好地方啊。

2017.10.08

适应期即将告一段落

一个月前的今天，我怀着满腔的激动与不安度过了在东京进修的最后一晚。现在，我来到这个天空很美的城市已经一个月了。我给自己买了一棵小小的植物放在桌子上，虽然我们唯一的情感交流就是我给它浇水晒太阳，但想到一个顽强的小生命在陪伴着我，不知为何就觉得很安心。

我本以为，一个月过去，我就应该能完全适应这里的生活节奏了。然而惭愧的是，这周我的作息时间非常乱。问题还是出在自控力上，虽然宿舍有相对固定的作息时间，但对熄灯时间并没有要求。为了解决这个问题，我根据我9月这一个月的情况制定了一张作息时间表，如果严格遵守上面的时间，应该就能过得更加规律了吧。

说到学习，我本来以为会自然越变越好的，然而现在一个月过去，反而不再像一开始一样游刃有余了。

日语对我来说毕竟还是外语，课文和知识有些时候理解起来比较费力。最近在学的古文是我很感兴趣的《枕草子》，但对其他同学来说都是类似文言文一样的东西，对我来说就更难了。数学则由于逐渐进入了我在国内没学过的领域，几何部分我还能勉强跟上，概率问题由于好几节课都和留学生日语课冲突而听得断断续续，基本陷入了完全不会的境地。化学和生物课上理解完全没有问题，但由于生词太多，课下复习时有些吃力。英语目前除了单词还没有什么大问题，可光是单词也是不小的工作量。而且我要记的不光是这个词的英文意思，还有它对应的日语意思。这样一来我每周要背的单词就是同学们的两倍了。现代社会和国际情况这两门课相当于国内的历史和政治，可惜我并没有这么详细地学过冷战史，对我来说大部分内容都比较陌生。虽然听得津津有味，但实在是不想用片假名写各国的人名和地名啊。

本周还开了关于下学期选课的说明会，其中就有中文。我本来很想看看从外国人角度看中文是怎样的，但因为和Global Education课冲突，只能放弃了。好在我身边有很多同学说想报中文，这样我就可以给她们当外教了。

单独说说留学生日语课吧。每周四节的日语课中有一节是作文课，课上老师会一句一句地帮我订正我写的作文，除了令人汗颜的低级语法与词汇错误以外，还有母语者才明白的细微区别以及更恰当的表达形式。看着自己绞尽脑汁写出来的字句被老师的红笔划得鲜血淋漓，每一道都像是划在我的心上。但我也知道这是学习语言的必经之路，而且老师虽然下笔毫不留情，但态度始终是温和而慈祥的，这也让我稍稍有了些安慰。老师说我现在要重点把握的就是那种母语者才懂的微妙的不同，的确，只有强忍着度过这一阶段才行。

以上，就是我这一个月的整体情况啦。这篇日记里写的都是一些问题，但平心而论，我觉得自己做得很好了。接下来的十个月里，不要失去此刻的探究心与进取心，去多多体验感受吧。

2017.10.09

从透纳到莫奈，从学院派到印象派

今天是体育日，放假，趁这个机会走路去附近的美术馆看了一场名为“从透纳到莫奈，跨越海峡的光”的画展。我之前以为这是一个印象派的展览，去了之后才发现它的主题是近代欧洲绘画的发展史，其中穿插介绍了英法两国间画家的相互影响以及相应的历史事件，如法国大革命、工业革命等，印象派只是其中的一小部分。从浪漫主义到现实主义，从学院派与官方沙龙到印象派，一路看下来真的有一种漫游历史长河的感觉。每幅画都配了详细的作者和作品的介绍，导语也写得非常有水平。

展品与人之间没有隔离绳，浪漫主义和学院派的作品可以凑近去端详人物纤毫毕现的胡须，印象派的又可以离远了去感受那仿佛会动的光影。海报上那幅《薄暮中的圣乔治・马焦雷教堂》真的太美了，实物和看图片的感觉完全不一样。远看是绚烂到就像不曾存在过的色彩，近看则能看出随意的笔触，泛着仿佛没有晾干一般的光泽，要扣紧双手才能忍住不去触碰。

此外，展览上关于英法之间互相影响的主题也表现得很好，许多画家都曾在伦敦和巴黎之间辗转作画求学，越往后看越能发现很多人都曾师从前面画作的作者，并在他们的基础上推陈出新。透纳虽然是学院派的代表，但他笔下迷蒙的色彩也为印象派奠定了基础。令我有些意外的是，这次还展出了米勒的画，米勒就是出现在小学课文里的那幅《拾穗》的作者。虽然他的画表现的是淳朴的农村生活，但现实主义的兴起也与近代城市化有着密切联系。虽然画派随时代变迁而兴起消亡，但无论以何种形式所展现的艺术给人的震撼与享受都是共通的。

今天来的美术馆在山上。一路上，先是从校门口的山坡上一路向下走到了原野间，然后又顺着马路绕进了景色优美的山中——考虑到安全问题我一路上都只走大路。平整的柏油路随山坡起伏，一路上行人很少，一开始路边都是菜园与老旧的独栋房屋，过了几座桥后出现了小小的饮食店与寺庙、神社。满眼绿意之中偶尔有鲜红的电车“哐哐哐”地打破连鸟鸣都没有的寂静。

这么多路真是没有白走。

2017.10.17

第一个考试周

随着今天考试的结束，我来到光之丘的第一个考试周也画上了句号。事实上，考试周并不只限于真正实施的这几天，它轰轰烈烈地始于两周之前，结束于今天，明天开始就是类似秋游一样的“练成会”了。

来到光之丘后的这一个半月来，考试前的这两周是我目前最难受的一段日子。一方面是期中考试的压力突然从天而降，学业上紧张了不少；另一方面是整个清光寮突然被沉闷的复习氛围所笼罩，压得人喘不过气来。我对于日本的考试毫无经验，比起只需要复习考试内容的同学们来说还多了适应答题格式的任务。在发现由于时间关系我怎样也不可能准备得尽善尽美之后，我也试着不再那么焦虑，告诉自己不要一上来就有那么多要求，从最基础的东西开始一点一点来。现在真正考完了，虽然恐怕考不出多好的分数，但至少看着写得满满当当的卷子，感觉还是能给自己一个交代的。

让我这段时间有点不在状态的，除了学习以外还有人际交往上的一些苦恼。同学还是原来的同学，对我和原来也没什么不同，但就像之前研修时“心连心”前几届的毕业生说的那样，大家很快就不会因为你是留学生而主动找你搭话了，必须要自己学会发起和融入对话。可现在我在宿舍住一人间，每天放了学就回到房间里，本身和他人交流的机会就少；而在食堂和浴室遇见同学时，因为理解和表达能力不足，也只能安静地听着大家聊天，为一个根本不懂哪里好笑、但大家都在笑的笑话而笑。我明白这是我自己语言能力的问题，但心里还是觉得又累又空虚。尤其这两周考试临近，看着每个人身心俱疲的样子，我既害怕同学们听不懂我说的话，又不好意思打扰同学们紧张的学习，就更不敢主动说话了。其实在真的我开口借资料、问问题时，同学们依然会一样热情详尽地向我解释；但不知什么心理作祟，我变得有些不想和人交流。加上学习带来的疲劳，我也不知道自己每天都在干什么。

意识到这点后，我也开始试着寻求改变。日本是每年4月开学，所以现在其他同学已经朝夕相处半年，彼此间都已经有了许多了解了。这种时候，我一个语言关都没过的留学生想要突然加进大家的圈子的确不容易，但正因为如此我才要格外努力，毕竟接下来还有接近一年的时间，如果每天吃饭、洗澡时都为了不和别人接触而专找没人的时间段去，迟早会把自己憋坏的。

通过这件事我对自己也有了更深的了解。原以为我是个无比乐观外向的人，现在才发现我很容易因为无端的胆怯和怀疑而封闭内心，好在察觉是改变的开始，只要我做出改变，结果总不可能变得比现在更差。

当然，以上这些都是我的心理活动，事实上还完全没有付诸行动；可就在今天考试结束回宿舍的路上，我突然被几个认识的住宿生叫住了。我们一边说着“可算结束了”“接下来可以放松了”之类的话一边往回走，虽然我还是只能嗯嗯啊啊地做一些简短的回应，但剩余的部分用肢体语言和表情补全不就好了吗，日常闲聊而已，有那么难吗?

明天就是练成会了，真期待呀。

2017.10.18

练成会，共处的快乐

练成会只有一年级学生参加，高二就可以去修学旅行了。这次练成会的主要活动有集体游戏、篝火晚会和野炊等，当然，最重要的还是能和同学们一起在富有自然气息的训练基地共同度过两天一夜的生活。用手册上的话来说就是“提高修养、共同生活，以及学习在社会生活中的规则”。

我们本次住的地方位于伊势湾附近，是一个类似于青少年活动中心的设施，有山有海，但不幸的是这两天秋雨绵绵，不但看不到日出日落，还因此取消了许多活动。一下大巴，我就对着不远处的大海感叹：“这就是太平洋……吗？对面为什么能看到山？”在同学们的提醒下，我才想起来爱知县的海岸线形如螃蟹的两只钳子，我们现在在螃蟹的右钳上，左看是螃蟹的左钳，右看是三重县，看不到广袤的太平洋。

刚刚到达，我就发现我忘记带室内鞋了。实话说那一瞬间真的特别难受，昨晚出发前我明明对着清单确认了好几遍，最后还是把运动鞋错当成室内鞋带过来了。不过老师了解情况之后帮我借了一双拖鞋，也不是什么大问题。

紧接着就是分组吃午饭。我跟同组的同学此前都没怎么说过话，一开始不免有些紧张，不过没想到大家都很健谈，我们一边聊着“中国有没有《祝你生日快乐歌》”“中国有没有便当”之类的事一边吃完了饭。

下午的主要活动是听讲座，讲座结束后我们就去洗澡吃饭了。以房间为单位，同一间房间的每个人都被分到了一项任务，我负责提醒大家注意洗澡时间、检查浴室里有没有遗落物品，和其他组比起来真的轻松太多了。像负责用餐时段的人要给几百个人盛饭盛汤，最后才能吃上饭。

入夜后就是大家期待已久的篝火晚会了，但由于天气不好临时改成了室内烛光晚会。不过我反而觉得烛光晚会比起熊熊燃烧的篝火更能营造庄重神圣的气氛，在摇曳的烛光中，神父给每个班赋予了不同意义的火，班长小千接下蜡烛，又和其他班长一起将蜡烛摆上烛台，而后大家一同祈祷、歌唱。烛光照耀在同学们脸上，为了本次练成会而练了许多次的歌从一片寂静中遥遥升起，充满了整个空间，整个场景如同梦一般。

接下来我以为还会是一些仪式性的活动，没想到居然是钻圈接力，刚刚安静地歌唱的同学们都像拨了开关一样活跃起来。H班无论是凝聚力还是身体素质都太强了，在激动的呐喊和欢呼声中，我们居然又是第一。尽管并没有什么奖励，但看到大家的笑容就已经足够了。最后的收尾是光之丘独创的健身体操，大家还沉浸在刚才的激动之中，跳得比平时更加起劲，一直跳到每个人都筋疲力尽为止。

按理说大家都应该很累了才对，但可能是因为刚刚剧烈运动过的缘故，躺在床上只觉得浑身发热，完全睡不着。等老师查房一圈后，不知道谁小声问了一句："还有人醒着吗？"结果噌地一下几乎全屋都坐起来了。大家觉得查房老师应该不会再来了，就开了一盏夜灯聊起了悄悄话，毕竟全世界的女孩子们都是八卦的嘛。一开始是全屋的故事会，后来随着大家渐渐犯困逐渐转为了小范围的私聊。我和旁边床的同学小声聊了很久，在道过晚安睡去时，不远处还传来压低的轻笑和窃窃私语声。

2017.10.19

练成会，不尽如人意的快乐

因为前一天晚上睡得早，所以铃声一响我就醒了。现在的我即使是在脑子还不清楚的时候，日语也能自动从嘴里冒出来，不再需要像一开始那样每天早上提醒自己现在开始要说日语了。天气还是不好，海上与山间都浮着白雾，是下过雨的样子。

吃完早饭后就要收拾东西了。当初在手册上看到收拾床的说明时，我以为不怎么重要扫了几眼就过去了。结果昨天在我们观看这里的欢迎视频的时候，视频没两句就又详细讲了一遍如何叠床单和被罩，要从长边开始对折三次，最后强调标签一定要露在左下角，我这才意识到了事情不是我想的那样简单。我从小到大参加过那么多次集体外出活动，也没少住在外面，但也只有军训时对内务的要求比这次严格。幸好在大家的帮助下，我的床单被罩都顺利地叠好，由负责内务的同学送去洗衣房了。接下来全屋一起扫除，把每张床之间的缝隙都扫过了还不够，又用湿纸巾把地板擦得锃亮。在我看来已经挑不出任何毛病了，没想到老师转了一圈就说褥子没摆整齐，床上还有头发，床底下有灰，大家只能赶快把床挪开清扫墙角，拾起粘在垫子上的发丝，理平每一条褶皱。这下总算符合标准了。

上午还有讲座，短短一个小时很快便结束了。虽然一直祈祷着能有个好天气，但遗憾的是我期待已久的野炊还是取消了。本应该和同学们一起切土豆胡萝卜煮咖喱的时间，改成了去体育馆以班为单位玩躲避球。躲避球基本上像是分成两拨人的打鸭子，但对两个将近四十人的班级来说一个篮球场的面积实在是太小了。而且这次的对手攻传配合得特别灵活，我们基本一直在被动挨打。第一轮时我搞不清楚状况和大家跑反了方向被打中了；第二轮本来想去接球但没有接到，下场；第三轮我主动提出去对方后方投球，但对面一直牢牢控制着球，不等被我们班同学捡到就又弹回了对方手中。三轮比赛下来公布成绩时，我们班又拿了个第一名——只不过是倒数第一。来到光之丘后，我所看到的H班无论是运动会还是昨晚的钻圈比赛一直都在赢，包括这次躲避球比赛开始前大家也都在认真地讨论战略，似乎每个人都对胜利有着相当强的执着，因此我不知道大家会用怎样的表情面对失败。

没想到，大家看到结果后，耸耸肩也就过去了。无论刚才在场上打比赛打得多么激烈，下来之后还是可以手挽着手一起唱《让梦绽放吧》的。当身旁的隔壁班同学一脸灿烂地笑着把手伸向我时，我突然意识到比赛也不过只是比赛而已。

本来应该由大家亲手煮的咖喱变成了食堂的午餐，虽然好吃，但就像旁边同学说的一样："所谓的野炊咖喱，就是因为是自己做的，所以就算不好吃也要笑着吃下去的东西啊。"在来之前我还特地从日语老师处打听出了柴火饭煮得比较慢所以要切小块这样的诀窍，打算大显身手来着，现在也只能安静地享受大块的土豆和胡萝卜了。

吃完午饭再开完闭营仪式，我们就直接返回了。来的路上我一直在睡觉，打算趁回去看看景色，结果同学们怕我一个人落单还特意拉着我坐了最后一排的五人座，带着我玩了一路小游戏。像是哆来咪接龙、拍手喊人名、词语接龙和联想接龙之类的。前两个游戏还好说，但联想接龙对我来说不亚于日语考试——要在听到词的瞬间想起它的意思并想到另一个相关的词，而且二者之间的联系要能让其他人也能理解。大家非常照顾我，说的都是日常生活中常见的东西，但许多词正是因为过于日常反而不在我的词汇范围之内，比如椰菜花和订书机。因为练成会期间也不允许使用手机，所以每当有生词出现时就需要暂停游戏为我解释词义；但有时即使我明白了意思，给出的联想词还是让大家摸不着头脑，比如大家就不理解为什么西红柿可以联想到白糖。

如果说联想接龙只是让我觉得有些对不起大家，那么词语接龙就堪比拷问了。毕竟不知道词的意思还情有可原，但连以一个音开头的词都想不起来就太过分了。当时到我这里卡在了“Tsu”上，梅雨、妻子、海啸、鹤、月亮，哪个词在日语里不是“Tsu”打头呢？可我当时脑子却是一片空白，只有能勉强地问一句：“什么？”旁边同学还善良地提醒我：“晚上天上的白白的东西是什么呀？”

我不可能不知道这些词，但为什么就是想不起来呢？后来我想了很久，终于明白过来，我一直是根据汉字这一视觉符号来记忆日语单词的，面对假名和读音时反而需要把它们转换成汉字，再通过汉字的意思去理解。因为中国人在学习日语上有汉字这一天然优势，所以反而产生了母语者不会遇到的问题。以后还是需要锻炼自己对假名和读音的敏感度啊。

这些收获中，不算完满的练成会也总算结束啦。

2017.11.01

花道部初体验

今天加入了花道部，从此我就是参加了两个社团的人了。社团的监督老师先给我介绍了用来固定鲜花的道具“剑山”的用法，并讲了讲社团活动的基本流程。之前口口声声和班主任说对花道很有兴趣，结果连花不是插在土里的都不知道，需要学习的东西太多了。

因为有没来的同学，所以临时来观摩的我也分到了一束花。今天的花是行李柳、水仙、金鱼草和山茶花的枝叶。花盆、剑山与剪刀都准备就绪了，社团的指导老师却说没有什么规则，自由设计就好。由于是第一次插，也没见过多少插花作品，我就选择了最稳妥的对称构图。柳条长得有些张牙舞爪，就稍微剪短了一些。水仙一剪子下去叶子和花茎分开了，只能按照花原本的样子插在剑山上，没想到老师说要的就是这种效果。山茶枝条遒劲，作为背景会很杂乱，就将把带着叶子的细枝围在底部增加层次感。这样一来金鱼草的叶子就显得有些多余，于是将靠下的部分剪去，只留下最靠上的，稍微修剪了一下让两朵花一高一低，这样一来整个画面也不会很死板。接下来就要请老师指正了，老师提出我这个插花排列得太密集，今天的花要有分散一点的效果，不过用叶子遮住剑山是对的。说完把每一朵都拆了下来，按照我原来的布局略有调整地重插了一遍。

社团活动结束后，其他同学会把花带回家，但带回宿舍就不怎么方便，于是监督老师带我把花放到了学校的前台，前台老师还做了一个写着我名字的小牌子，这样来到前台的客人们就能知道这是留学生的插花作品了。

回到教室后，指导老师又特意给我讲了一下今天的花。两位老师仿佛是怕我听不懂般，很努力地对我解释说这种“行李柳”在古代是用来编篮筐的，我说“行李”这个词在中文现在还在使用，她们便恍然大悟地表示这样就说得通了。“毕竟花道本来就是从中国传来的呀。”老师半是玩笑半是认真地说道。老师又问了我中国现在还有没有花道，说如果我对花道感兴趣的话还可以去京都进行更深入的学习，回到中国后就能教更多的人。“本身舶来的文化又重新传出去，真是一件好事啊。”

回到宿舍后我查了一下资料，花道最早是隋朝传入日本的，一开始是给佛像的贡花，后来逐渐演变成一种修身养性的艺术行为，而老师所隶属的“池坊流”则可以说是日本花道的起源。我会加入花道社，其实只是因为想了解一下日本的传统文化外加喜欢花而已，并没有想过太多。现在查了一些资料后，反而对它的兴趣更深了。不过真的要说起来，对花道与茶道的兴趣的原点，果然还是因为小时候看过的日本小说《阿信》。从那时起，我就对熟练掌握花道与茶道技法的大和抚子式女性形象十分着迷。究其原因，可能只是因为去河滩上采来芒草插花的描写实在太美了吧。

2017.11.08

不一样的年味，日本的正月料理

今天去和高二同学们一起上家政课学做饭去啦，做的是新年期间吃的正月料理。主菜是大虾和腌鱼，配菜是筑前煮和茶碗蒸，甜点是甜黑豆和栗金团。和之前做烧卖的时候一样，老师先示范了一遍，但这次她说的话我基本都能懂了，是不是听力进步了呀。

升入二年级后，我才知道家政课不只有做饭。家政课的老师是学校里最严厉的教导主任，课上除了学习如何缝纽扣和做菜以外，还要练习一些生活中的礼仪做法，大到大学面试时应有的言行举止，小到不同角度的鞠躬都分别有着怎样的含义，对我这样人生地不熟的留学生来说大有帮助。也难怪这一带的人们在听到光之丘这个名字时眼神都会变得不一样。在大家心目中，光之丘的学生“光之子”都是开朗热情、积极向上又懂礼貌的好孩子。因此，后来在有人夸我“一看就是光之丘的学生”的时候我高兴了好久。

言归正传，按照家政课一贯的流程，在真正动手做饭之前是要细致学习菜的烹调方法和食材用量的，但由于我是直接过来做饭的，对此一概不知，就只能打打下手。不过由于整个流程都被分成了非常细致的步骤，所以几乎每个人所做的都是“处理”食材，并没有那种掌握全局的大厨般的感觉。我和一位学姐先准备筑前煮，先把牛蒡、莲藕洗净切成小块，去掉荷兰豆的梗，将魔芋块中间划一条刀痕再拧成麻花，是一套看似简单实则有着奇妙操作的流程。旁边的两位学姐则开始煮红薯，一边煮一边在锅中加入晒干的栀子果实给红薯染上鲜亮的橘黄色。栀子花很常见，但我从没想到它的果实还有这种功效，也没想到栗金团那种人工般的颜色用的竟然是天然的植物染料。煮好的红薯还要过筛网筛一遍，当学姐把筛网抬起，露出一盆细软蓬松的金色碎屑时，大家都惊叹好漂亮，只有我心想：看上去好好吃，仿佛入口即化一般。当然这只是我的想象，等它被掺上糖水、捏成团子之后，还是变成了与茶道课上每次都吃的和果子别无二致的点心。

一位学姐去炒筑前煮了，我又开始准备茶碗蒸的蘑菇、蛋液和香菜，当然，把鱼板叠成独特形状这种技术活还是要交给学姐。一锅筑前煮、四碗茶碗蒸竟然需要那么多昆布和柴鱼片来煮高汤，而高汤煮出来之后这些东西就都直接丢掉，我在心里默默地感到浪费。不过这样一来，我也明白了茶碗蒸那种不同于普通鸡蛋羹的淡淡香味原来是高汤的作用。

最后要做的就是等待茶碗蒸蒸熟上桌了，这段时间里学姐们开始麻利地收拾并清洗厨具，我也没有闲着，从柜子里取出碗筷后开始给鱼肉和大虾摆盘。但我做完之后，才发现有几盘的肉放反了，毕竟我没注意到盘子上还有竹叶花纹。我用筷子把它们转了一百八十度，以为这样就过关了，没想到学姐看了还是皱眉头。因为刚刚在转鱼肉时盘子上留下了汤汁的痕迹，学姐索性把肉整个从盘子中拿出，将盘子擦干净后又放了回去。此外，我放栗金团时没有把放着栗子的那面朝上，也要重来。由此，我对日本料理摆盘艺术的敬意更深了。以及，把黑豆穿在松针上虽然看起来很奇怪，但不觉得莫名地有雅趣吗?

等全班都坐定、说完餐前的祷告词和那句“我开动了”之后，终于可以开吃了。虾和鱼都是现成的，虽然都是冷的但味道非常鲜美；筑前煮味道稍微淡了些，反衬得腌过的鸡肉味道更加浓郁；茶碗蒸吹弹可破，就是香菜太冲掩盖了鸡蛋的本味；栗金团就像我上文提到过的，变成了那种随处可见的红薯泥团子，但仍然有着丝滑的口感和不加掩饰的甜味，这其中那无处不在的微甜就是日料的灵魂。这种甜更含蓄也更温柔，如同慌忙移开视线后的浮现在嘴角的一抹笑意。

之前在超市时，我看到广告上说“这个季节的柿子正值旬味”。“旬味”这个词真是耐人寻味，简单两字却如同和自然做的约定般，包含了等待与享受的喜悦。发掘每个季节特有的美景美味，将它们记在纸上、放进肚中、留在心里，这便是“雪月花”之趣吧。真正的日本人家做的正月料理会是什么味道呢？真期待啊。

2017.11.08

花之时

家政课一结束，就到了下午的社团活动时间。今天的花是金雀花、透百合、康乃馨和一种不知道中文名的植物的叶子。这次我就作为正式社员插花啦。

金雀花细长的枝条真是奇妙，我一开始还以为是像空气凤梨之类的热带植物呢，没想到老师说春夏时节这种枝条上会开小小的花。

这次基本还是乱插，但监督老师告诉我一个最基本的切入点：构造三角形。不一定仅限于同一种类或者颜色的花构成的连线，一花一叶之间的高度差都可以塑造不同的三角形。一边插一边构思“这样就又是一个三角形”，会给整个插花作品增添趣味。此外，因为冬天很冷，所以冬天的插花作品要用叶子围住剑山以给人温暖之感；同理，夏天则需要稀疏一些。

指导老师来看我的作品时，提出了“整个构图需要更有层次感、从侧面看不能是一个平面”的建议，还给我演示了把半开的花稍微用手揉开一点、按照花蕾开放的顺序调整朝向等小技巧。正好其他同学都已经回家了，我想着都加入社团了，应该多学习了解一下，便问了老师一些关于花道与池坊流的问题。没想到这一问引出了更多问题，不知何时我已经从刚刚插花时的座位来到了第一排正中，而黑板上则写了满半面的板书。老师讲得意犹未尽，按照她的说法，她在光之丘当了这么多年的花道老师，还是第一次跟学生讲起这些。

老师所在的流派是“池坊流”，是日本花道三大流派之一，也是由佛前贡花所演变而来的、日本最早的花道流派。池坊流的主要花型有三种，分别为生花、立花和自由花。前两者随着时代的变化各自演变出了与“正风体”相对的“新风体”，自由花则本身就是因明治时代逐渐西化的生活方式与不拘一格的心态而产生的新花型。

每种花型都各具风姿，而老师今天主要给我讲的是生花。不同于大而复杂的立花，生花非常简约。它由“真”“添”“体”三部分组成，象征“天”“地”“人”或“现在”“过去”“未来”，可以用同种花的花、叶与花蕾进行构图，而旧风体更是只由三枝花草构成，交相呼应，体现的是调和之美与“减”的思想。

当然，现在社团中同学们做的都是规则最少的自由花。因为立花和生花条条框框比较多，初学者不易上手。老师又一次鼓励我回国后继续学习花道，这次我开始认真考虑了。不知为何，听了老师的讲解后，我感觉正是这种对表现形式的限制最为吸引我。一直以来我都相信“美”并没有固定的唯一标准，所以也不存在某种“美”优于另一种。因此在老师帮我改正作品时，我的心里其实一直有点抵触，就好像老师在用她对“美”的认识覆盖我的认识一样。但老师改完的作品和我原来的作品之间存在的微小差异，又让我不得不觉得“美”可能真的是存在高下之分的。我猜，或许研习花道可以给这份困惑一个答案。

此外，老师对花型的讲解也让我很是触动。随着时代的变迁，传统文化的表现形式可能会变化；但其核心所表达的对于美的追求一定能够跨越时光而流传。这种革新本身既是传承，也是发展。在接触了花道后，我更加坚信这一点了。比起固守旧制而被时代淘汰，变通地寻求在新时代的存续之道更为重要。毕竟所有传统文化，也不过都是很久很久以前的流行文化罢了。

2017.11.18

爵士乐之城冈崎!

9月份刚刚到这里时，我就看见了许多关于爵士乐的宣传海报。不论是教室后方的板报栏还是车站旁地下通道的墙上，都有各种招贴画在为其造势；但关于演出的具体信息却又语焉不详，连时间地点都没有标明。而现在，我终于在音乐教室前的桌子上发现了它的传单。看了传单后才知道，原来这不是某一场特定的音乐会，而是全市范围内不同时间、不同地点、不同表演者的一系列演出，真是无愧于“爵士乐之城”的标语啊。

考虑到时间和交通方便，我选择了今天在永旺里的一场小型演出。可惜一上来我就在一个错误的舞台边干等了半个小时，最后又是难以置信又是窝火地走了。如果不是我下午偶然路过了一层中心的休息区看到台上的架子鼓和钢琴，我恐怕就要一路埋怨着回去了。运气真好，这一场刚要开始。

还有一个多月才到圣诞节，但圣诞树已经早早地立起来了。圆形走廊的中央吊着银色的装饰，在蓝紫色的灯光下如同细雪般闪耀。就在这种如梦似幻的氛围中，演出开始了。不光我身边的广场上座无虚席，连楼上也有顾客驻足欣赏。

这支四个人的小乐队由来自爱知各地的音乐家组成，是最基本的编制：钢琴、萨克斯、架子鼓和低音提琴。即使只是在临时搭建的小小舞台上演奏出的乐曲也非常令人陶醉。钢琴空灵轻盈，萨克斯回味悠长，低音提琴厚重低沉，架子鼓擦出迷人的旋律。鼓手小哥特别投入，会跟着曲子的情绪一会儿皱眉一会儿微笑。四个人配合得非常默契，因为没有指挥所以都是通过眼神来判断切入的时机的。虽然都是并不熟悉的曲子，但通过他们精湛的技艺让人觉得仿佛很久之前就听过一般，即使是圣诞节的歌曲也带着暖意。果然爵士乐还是适合在秋天慵懒的午后听啊，这种沉静而不失华丽的氛围如午觉醒来时残留在脑海中的梦境，陌生、惊艳的同时令人生出无限温柔的怀念。

曲终人散，从被妈妈推在婴儿车里的孩子，到白发苍苍、结伴而行的老人，大家都在同一个午后的短暂的三十分钟里分享了音乐的美妙，连本来阴雨纷飞的11月也仿佛变成了梦里的金秋。真好啊，爵士乐之城。

2017.11.19

越来越冷的日子里

本周开始于一场来无影去无踪的感冒，一直到周三我都饱受其苦。上周日我婉拒了老师给我加一床厚被子的提议，结果第二天早上起来鼻子就不通气了。整整一天头昏脑涨下来，感冒更加严重，但我又恰好没准备感冒药，宿舍里也没有存货，还是修道院的修女给了我一瓶预防感冒的葛根汤，真是雪中送炭。第二天早上虽然我还没好全，但至少有了些力气，当天放学后就去学校附近的药店买药了，顺便还买了一大堆防寒的保暖内衣和连裤袜之类的。原以为带着和在北京时一样厚的衣物就足够了，却忘记了北京一入冬就有暖气，室内反而相当暖和。吃过药又贴上暖宝宝后，感觉舒服多了。

周四就是合唱大会的年级预赛了。虽然并不影响成绩，但据说这次的排名和决赛的结果相差无几，所以大家从很早之前就在非常尽心地准备，每周三次的合唱晨练也改成了四次，能来的人都来了，我反而因为感冒晚到了几次。在唱的时候，我按照合唱团同学们的建议也在每一句歌词中代入自己的感情，严格按照乐谱上的标记控制声音的强弱的变化。之前一直觉得高音部的声音压过了中和低，但现在已经完全感觉不到了，可能是因为我也拿出了大声唱的自信吧。现在大家唱得真是毫无瑕疵，和声也美极了。预赛时，我站在第一排中间，不免有些紧张；但随着伴奏的第一个音响起，一种安心感便取而代之。看着指挥的同学优美的动作，我能感到H班的所有人都在我身边。

最后的成绩相当好，我们和C班并列第一。班会上班主任说他投票没有投给我们班，又被大家笑着埋怨了一通。其实我当时有一处激动得唱到高声部去了，但除此之外都非常满意。马上又要到考试周了，能有这样的活动放松放松也不错啊。

2017.11.23

每天谢谢

最近准备12月的日语能力考忙到不行，根本顾不上学校的期末考。虽然老师说不用太在意成绩，但怎么说也学了一个学期，还是想尽可能考个好成绩。

周一晚上吃饭时和几个住宿同学小凛她们聊着聊着说到了学日语，结果大家都兴致盎然地想来我房间看我的日语阅读题。多亏她们来了，不然我可能一整个冬天都不会知道宿舍的暖气是需要打开开关的……怪不得上周会感冒。

看了我平时做的问题集，大家纷纷表示这都什么奇妙的阅读题，再看语法题时，就连她们也不能全对。我觉得这就像我做汉语考试题一样，身为母语者反而不太清楚中文的语法规则，一切都靠日常的积累。这就像同学们说她们在写作和说话遇到动词变形时不用动脑子就能说对一样，这些规则本身就是直接印在大脑里，随时可以调用的。但我就不一样了，想要掌握这些规则只能靠机械地反复地重复。而这一重复的过程必然是伴随着无数错误和痛苦的。

话虽如此，如果只是学一点问候语的话，无论学什么语言都是愉快的。现在班上有几个同学对中文非常有兴趣，每天中午的扫除结束后便缠着我问某个词用中文该怎么说。久而久之，我也用教室后闲置的白板搞起了“小青的中文课”。不涉及语法而学习语言是多么快乐啊。现在“小青的中文课”已经教了“谢谢”“你好”“再见”“拜拜”“加油”“知道了”“我的名字叫”“你的名字叫”“我爱你”“我喜欢你”“我是某某某的粉丝”和从一到十的数字这些简单的日常会话了，希望明年来到光之丘的留学生不要被一群流利地说着“你好”的学姐们吓到呢！同学们的发音进步得都非常快，其中小纪有时说起话来更是全无口音。有一次在聊天时，她突然用无比标准的中文对我说：“去便利店吧！”那一个瞬间我大脑一片空白，想也不想地用中文回答道：“好啊。”

最有趣的还是教大家和数字对应的手势，我也是在偶然间发现中日之间从六到十的手势不同这件事的，没想到大家特别有兴趣，都和我学着如何竖起拇指和小指比出“六”。大家还学会了班主任老师的名字的中文读音，课间有时会突然用中文大喊老师的名字，在老师一脸茫然的同时，我感到无比亲切。一次，小悠和小月突然问我“每天”用中文该怎么说，我告诉她们后，她们突然对我说："每天谢谢。"我还没反应过来，就被一片"每天谢谢"包围了，身边的同学们都用略带口音的真挚声音说道："每天谢谢。"老实说，在异国他乡听到外国朋友们用母语对你表达感谢，是一件能令人感动到落泪的事，于是我也用中文回应道："好的，每天谢谢。"

下个学期的中文选修课，据我所知，我们班已经有三个同学决定报名了。我希望大家能跟着老师学到更加正规的中文，也希望大家都能感受到中文的美。当然，我还希望她们有朝一日能对我说："谢谢有你的每一天。"因为这也是我想用我的母语对她们说的话。

2017.11.27

谢谢你们在我身边

本周因为要准备各种考试本来就忙得不行，就在这种关头还发生了一件让我纠结的烦心事，但也是它让我意识到了和身边人们的关系的可贵。

清光寮是没有公用Wi-Fi的，所以我在国内买了一张日本的流量卡。然而就在前天，不知道怎么回事突然用不了流量了。手机信号突然变成零的时候，我还以为是学校附近施工导致信号不好，也没太往心里去，反而还因为能够专心学习而有些高兴。但等到第二天早上重启手机发现还是没有变化，我有些慌了。宿舍的其他同学的流量都还可以正常使用，也就是说明是我的设备的问题。如果没法用流量，就相当于断了我和家里唯一的联系方式。要知道在这之前我几乎每天晚上都和家里汇报近况，到现在却已经一夜没说过话了，万一他们再等不到我的回应该有多担心啊。我思前想后觉得不能这样下去，就鼓起勇气，向在一旁自习的同级生小凛搭话了。

我的解释和手机上空白的信号栏总算让小凛明白了发生了什么事。我的本意只是想问问她能不能开一下个人热点，好让我和父母紧急联系一下。她虽然没有理解我的意思，但也替我着急了起来，还特地帮我去问了她爸爸。这一下附近的同学们都注意到了这里，另两个同学也悄悄来问发生了什么。小凛解释了一下，大家都束手无策。

虽然大家都压低了声音，可毕竟一群人在自习室叽叽喳喳总归还是会打扰其他的同学，我们就一起去找了宿管老师。宿管老师也不知道该怎么办，但她看到我手机流量的运营商后，告诉我车站旁边有一家营业厅，我可以去问问。但现在时间已经太晚，我一个人又交代不清楚这么复杂的问题，索性一通电话打到了教师办公室，请了一位老师在第二天的考试结束后带我去——刚好是花道社的监督老师。这下大家宽慰了我几句，赶紧回自习室继续复习了。我本以为能够在几分钟内解决这件事，没想到反而越闹越大了。不仅如此，还害得给我出谋划策的同学们白白浪费了考前宝贵的一个小时。各种负面情绪袭来，我连晚饭都没了胃口。再加上手头还积压着无数需要复习和背诵的知识点，我整个人都要崩溃了。就在我心乱如麻地在洗衣房吹头发时，一旁的小真突然主动告诉我可以借我她自己的Wi-Fi用。她带我去了她的房间，帮我连上了Wi-Fi，还无比贴心地告诉我在手机修好之前可以随便用。我顿时安心了下来，她是天使啊！

多亏小真的帮忙，我把发生的事都告诉了父母。没想到这两个人居然完全没有注意到我这一整天异样的安静。晚点名前，小凛又根据运营商官网上的攻略帮我调试了一番，无果。我感谢了她和她爸爸，说没关系，明天我就会去营业厅问了。

等到第二天，我带着各种证件和在国内买流量卡的说明书来到了车站前的店里。老师帮我解释了一下事情的经过，没想到营业员小姐一听这是在日本国外网购的卡就面露难色，表示如果是在中国买的卡他们也不知道具体该怎么办。我的心都沉了下去，但还是保持着冷静。不知为何，我虽然觉得它坏得蹊跷，但总归是能修好的。在经历了昨晚剧烈的情绪波动后，我反而产生了一种奇妙的平常心。老师帮我拨通了营业厅的电话，我努力回答着对方用刻意放慢速度的问题，居然有种在做听力的错觉；在对方用充满歉意的声音告诉老师这个他们修不好的时候，我还有闲心感叹多亏现在的我还可以享受身为小留学生的优待，一年以后我再次来到日本的时候就只能用我自己的能力去解决生活中遇到的一切问题了。以我现在的日语能力连标化考试的听力都没法全做对，真的遇到需要向人寻求帮助的时候该怎么办呢，生活中的问题可比试卷上的问题复杂多了……

在感谢过老师之后，我带着并没有修好的手机和流量卡回到了宿舍。报告了这个令人绝望的消息后，我开始试着把卡拆下来重装，自然也是没什么用的。另一边，在国内的妈妈也一直没闲着，一直在联系国内网店的客服人员。通过几番复杂的信息传递后，客服确定了问题出在什么地方，然后告诉我只要把误关掉的一个服务打开就好了。我一点，熟悉的两格信号就回到了手机上——前天我流量用超了，运营商就停了我一天的流量。

这个让我两天都没心思学习的问题就这样轻易地迎刃而解，快到我不知该作何反应，只能笑笑作罢。接下来自然是向为我担心了许久的人们传达这个好消息。大家都有些错愕，不过既然事件迎来了圆满的解决，大家自然都替我高兴。现在回想起这件事时已经非常平静了，但在意识到自己被切断了和家人的联系的那个瞬间扑面而来的恐惧与无助感还是令人记忆犹新。那个时候，我内心产生的第一个想法就是：“要是在家多好！”在熟悉的环境中，总有人替我处理问题，而在这里就只能自己硬撑着去面对了。好在我身边还有这么多不怕被我麻烦的人，她们的热情帮助让我觉得就算诸事不顺，生活本身也不算太糟糕。

2017.12.03

N1

这段时间为了准备12月的这次日语能力考试忙得晕头转向的，现在考试已结束，就把这段时间的事记录一下吧。大概是因为之前买的2018年的手账终于可以用了，短短的一周过得很快却也很充实。

我在之前的日记里也说过，我现在的日语处于一个比较尴尬的水平。看起来似乎可以和日本人顺畅交流，实际上语法和单词都有很多漏洞。一开始我是打算从头梳理一遍的，结果时间严重不够，语法的复习进度停留在N3开头，单词则连N4都没结束就开始慌张地准备N1了。到最后我决定这次只要及格就好，刷高分等到7月再说。

即使是这样，今天早上，也就是考试当天，我手上也只有完全没背熟的N1语法总结和背了不到总数三分之一的单词，以及没法量化的阅读刷题经验。我就带着这些轻飘飘的行李，走进了严冬里这个难得的艳阳天。去车站的一路上，我反复告诉自己不要太焦虑、做好自己能做的就行了什么的，但还是莫名其妙地丢了公交卡，只能慌张地掏钱买票，最后抢在车门关上前搭上了电车。窗外飞驰而过的是半荒的农田，车厢里叽叽喳喳地说着话的全都是和我去同一场考试的人，汉语、韩语和东南亚国家的语言在一方狭小的车厢里此起彼伏，让我安心了不少。身旁的阿姨们谈论着自己的工作和家庭，后面有年轻人的声音抱怨着自己还没看完N3的语法，我一边听着，一边垂死挣扎般浏览着一个个单词。

这次考试的地点在一所大学里，在距光之丘有几站距离的山上。到站后，几乎车厢里所有人都和我在同一站下。应该是因为附近有考试的缘故，车站多了很多勤务员，出站后还有工作人员举牌示意考生去坐免费的大巴上山。时间还很充裕，我先在附近的便利店买了午饭，没想到这家便利店里没有桌椅，我只能暴露在寒风中的长椅上，捂着刚刚热好的便当大口吃。旁边有几个考生努力和同伴用日语交流着，我听到有人艰难地说了一句："汉字真难。"

吃完便当我就去坐巴士了。正值秋叶变色的时节，整座山的色彩绚烂斑驳，在山顶又可以鸟瞰晴空下整座银灰色的城市，可以说非常有眼福了。但我只是在下山时才有了赏景的心情，上山时我的身心还沉浸在无数语法点的海洋中，无心去看。

这次考试比我在国内考得几次能力考要有仪式感得多，小到装手机的塑料袋，大到严格的入场、休息时间以及对考场纪律的详细描述，都让人的态度认真了起来。但考试的题目和我之前想象中的有很大不同。我也不是没做过模拟题，但翻开卷子时心里还是咯噔一下。怎么说呢，N1考试范围内共有词汇三千多个，语法两百条，真正考试的时候却“弱水三千，只取一瓢”。语法好歹还可以填一个自己觉得比较靠谱的答案，不认识的词汇就是真的不认识了。想通了这一点后，我便不再去纠结那些没见过的单词，顺利来到了阅读部分。阅读倒是感觉比平时练习的要容易。文章的内容都很有趣，即使不是作为考试题我也愿意一口气读下去。听力可能是因为我这三个月来每天都能听见日语的原因，字正腔圆的考试音频比日常生活中一大堆吞音变音的对话要好懂多了。听不懂的地方大多还是因为词汇量不够，看来接下来要多背单词。

考试很快就结束了。走出考场，迎面吹来山间微凉的晚风，天边还剩最后一抹日光。真的结束了啊，几小时前我还一直盼着这一刻，但现在当它真的来临时又觉得无所适从。我是通过设定目标给生活增加紧迫感和仪式感的，现在这个我心心念念、断断续续地准备了三个月的考试，这个对现在的我而言有着相当难度的考试，这个被我当成日语学习征途中的一顶桂冠的考试，真的结束了。虽然我总是告诉自己失败了也没关系，7月还有一次机会，可我心里一直有一个不甘心的声音。这个声音总在我刷题刷到要把笔捏断的时候、在练听力错过稍纵即逝的听力答案的时候出现，对我说：“如果能一次合格该多好！”

如果能一次合格该多好，如果能一直学日语该多好，如果能去一个新的地方过一种新的生活过该多好。就像现在的我身在这个远到在我梦里也不曾出现过的地方，回头看去，一路推我走过来的都是些多么单纯的东西。

下一趟车还有半个小时，考试结束后急着回家的人挤满了整个车站月台，天已经彻底黑了。回到宿舍后，我以为自己会彻底放松下来，没想到身体已经有了惯性，催我又背了几个单词。只是这一次不能再匆匆扫一眼就放过了。毕竟在我走出考场之时，下一场考试的倒计时已经开始。

2017.12.05

当初为什么会期待大扫除？

能力考结束对我来说就像已经放假了一样。由于光之丘是天主教学校，所以第二个学期结束得非常早，留出将近一个月的时间举行以圣诞歌舞剧为首的各种学校活动。

我当初究竟为什么会期待大扫除呢？可能是因为好久之前就贴出了大扫除的通知，而且日期刚好是在能力考之后，所以在我看来像某种庆祝活动一样。一直到很久之后，我才意识到这就是在各种日本风土人情介绍的文章里读到的年末大扫除。我喜欢让自己周围的环境干干净净的，所以并不怎么讨厌扫除。再加上这三个月来恨不得天天在学校和宿舍做各种各样的体力活儿，早就累到没脾气，把它当成生活的一部分了。

大扫除，顾名思义比起平时的扫除规模更大，因此相应地也更累。4号那天，我被分到了食堂扫除。相比楼道和浴室，食堂扫除是大家都愿意做的相对轻松的活。一开始我以为只是像平时那样擦擦桌子扫扫地之类的很快就能结束的任务而已，所以只穿着一件薄衬衫就去了。没想到人都到齐了之后，组里的前辈一拍手说道："好，先搬桌子吧。"

然后大家就开始把食堂里的长桌一张张垒起来堆在墙角，椅子也统一收到过道里，开始擦地了。如果是用抹布擦倒也罢了，没想到是用那种厨房清洁用的小白块海绵一点点擦一年累积下来的污垢。我蹲着擦了一会儿腿就疼得不行了，索性跪了下来，大不了就洗裤子吧。海绵非常好用，无论什么脏东西用力擦几下就都掉了；但数量有限，一块脏了放在水里洗干净拿出来继续用，实在磨损得用不了了再去换另一块。我们组所有人就这样各自负责一小块区域，学姐用手机放歌给大家听，大家一边扫除一边苦中作乐般跟着哼。我意识到今天的扫除绝对比我想象中漫长，就打了声招呼回屋拿了厚外套。几个小时缓慢地流逝着，捏着一块黑乎乎的海绵同不知何年何月何人留下的污渍做斗争真是一件苦役。我已经擦得腰酸背痛了，但学姐看了我擦过的地方后又重新擦了一遍，心里还是有点挫败感。陆陆续续有做完了其他地方的同学过来帮忙，到最后所有人都聚集到食堂来了，进度一下快了很多。

又不知过了多久，总算每个人都直起腰来了。我一边在心里庆幸着终于解脱了一边飞快地帮着摆桌椅，焦急地看着检查的同学们四处审视，直到她的目光落到面包机上——我们没有一个人想起来面包机还需要清洁。于是我赶忙收拾了一下已经累得不想动的心态，和大家一起一点点除去内壁上积了一层的面包渣。等终于听到宿管老师的那句“大家辛苦了”并领到慰劳点心时，食堂墙上的时钟指针已经越过了十一点。

第二天的鞋柜扫除就轻松很多了，无非就是把大家鞋柜里的灰尘扫出来再拿湿抹布擦一遍而已，很快结束了。反而是帮忙打扫玄关时还要洒水什么的，费了一番周折。就像昨天其他同学来帮忙一样，今天轮到我们去帮助洗衣房的同学了。幸好我们到的时候洗衣机已经打扫完了，我又像昨天一样擦了一会儿地。虽然最后结束的时间和前一天相差无几，但工作量的不同还是让我觉得轻松得多。我并不讨厌打扫卫生，但这次大扫除结束后，我还是由衷地感到扫地机器人和擦地机器人真是造福人类的发明。

还有一件值得纪念的事，就是趁着这个所有人都在的时间，我把宿舍里所有高一同学们的名字都记住了。

2017.12.07

来得过早的圣诞晚会

在享受这个有些早的圣诞晚会时，我肯定没想过几周后我会在房间里一个人度过没有平安果的平安夜。根据本地人的说法，冈崎的冬天是不会下很大的雪的，因此我是注定等不到一个白雪飘飘的圣诞节了。

作为教会学校，光之丘很早就开始为圣诞节做准备了。如果说教学楼上的麋鹿彩灯、宿舍门口小小的圣诞树和门上扎着红丝带的冬青花环只是营造出了圣诞将至的气氛，那百余人从暑假一直准备到现在的圣诞歌舞剧就是这个节日在光之丘最重要的实质体现。住宿生中有很多人都是舞蹈队或合唱团的主力，所以为了不影响十天后的公演，每年宿舍的圣诞晚会都会像这样提前举行。

由于公演的临近，住宿生们每天回来得时间变得更晚了。不过圣诞晚会这天，大家还是早早就回到了宿舍。我头一次和大家一样扎了双马尾来配光之丘的校服和贝雷帽，顿时就有了一种过节的仪式感。

但在大吃大喝之前，先要去礼拜堂做弥撒。和校园里的其他地方一样，礼拜堂也被各种带有圣诞元素的饰品装点了起来，而大家快活的笑容和可爱的双马尾更是给这个一直神圣肃穆的地方平添了一丝喜气。烛光弥撒开始了，每个人都领到了一根连着锡纸托的白蜡烛。关上灯后礼拜堂陷入了一片漆黑，只能通过些微烛光看到宿舍长们在后方的炉台处点燃了自己的蜡烛，然后用它去引燃前排同学的。在我手中的蜡烛开始燃烧后，我也将火苗分给了身边的人。很快，小小的礼拜堂就被摇曳的暖光照亮，烛火映着大家的笑容，空灵的圣歌回荡在礼拜堂内，如梦似幻。

弥撒结束后，大家赶忙赶回宿舍去吃圣诞大餐。晚餐除了便当以外还有分量很足的比萨与小蛋糕。比萨上盖着厚厚的芝士，一口咬下去能拔出丝来；而蛋糕的草莓很甜奶油却不腻，最后也依然塞得下。这可以说是来到日本后第一次放开了吃吧。大家一边吃一边做了很多小游戏，交换了圣诞礼物。我抽到了一个很可爱的迪士尼马克杯，可心里却十分不安：我之前只听说礼物的价格要在五百日元左右，就买了一个限量版的便签。但真正看到大家的礼物时，却发现全都是那种需要装小箱子里的礼物，对比之下我的便签真是小到不起眼，感觉有些对不起收到我的礼物的同学，希望她会喜欢。

等到饭后的自由时间，果然还是免不了自拍啊。光之丘平时不允许在学校用手机，所以大家只能在宿舍里做这种女高中生常做的事。我和所有同级生都合照了一遍，最后整理垃圾、移动桌椅时更是无比积极。毕竟经过了大扫除的洗礼后，我不觉得还有什么扫除能让我觉得可怕了。

圣诞晚会结束了，除了沉甸甸的食物几乎没有给我留下多少实感。后来平安夜真正到来的时候，我果然还是只能看着手机上远在故乡的人们相互道贺、吃平安果。原来平安果真的是中国独有的啊。

2017.12.09

英语读书会与冈崎城最后的红叶

光之丘的留学生每年都要去冈崎市立图书馆Libra给小朋友们开读书会，这基本已经成了一项传统。给还在上幼儿园的小朋友们用英语或汉语念绘本，让他们在小的时候就感受母语者的发音。

这是我第一次去冈崎的图书馆Libra。图书馆很新，而且条件好得令人意外，非常宽敞明亮，藏书丰富，还有专门开辟出来的儿童书籍区——读书会就在这个区域里的小教室里举行。总共只有半个小时的读书会，平均分给我们五个留学生的时间总共不超过六分钟。我第一个讲，对面一群被妈妈抱在怀里的牙牙学语的小朋友瞪大了眼睛听着。

从图书馆出来时时间还早。我觉得现在回去了肯定也只会闷在屋里玩手机，还不如在外面逛逛。来自中国台湾的罗学姐也正有此意。我们本来说要一起去永旺购物的，但一出图书馆的门就看见了还没去过的冈崎城，于是果断放弃了原来的计划，去探访德川家康的出生地了。

我们去的时候非常巧，天气晴朗有微风，秋叶已经落了大半，但还有最后的红叶可看。我们顺着公园的石子路一路爬上爬下，从各种角度观赏了一遍掩映在一片绯红背后的冈崎城。整个庭院里除了幽静的坡道，栖息着几只水鸟的池塘与漆着红漆的小桥也十分别致。在公园的饭店里，我终于吃到了心心念念的御手洗团子，和我想象中的红糖味不同，居然是咸甜口的。绕过天守阁一圈后，我们又去城堡下的神社里逛了逛。学姐教了我进入神社前该如何洗手，可走进鸟居后两个人都摇不响房梁上的铃铛。旁边一位老爷爷看不下去了，主动过来抑或二者兼有，我们完全没听懂，只能用微笑和点头目送对方心满意足地离去。

一路上实在是风景如画，我和罗学姐边走边聊，也为对方拍了好多照片。随着太阳渐渐西沉，城中的光线也在不断变化，从正午灿烂的阳光到傍晚时分的夕阳，红叶也散发出不同的光泽，令人心醉。据说春天可以来这里赏樱呢。

2017.12.10

圣诞街头募捐，渴望暖冬

这个周末有好多的事要做，除了读书会以外还有圣诞街头募捐。我参加的是今天下午的场次，活动内容是在附近的商场门口向行人募集善款捐给日本国内外的儿童福利设施。在正式开始前，老师简单地说了一些注意事项，比如在宣传时不能出现“可怜的”“贫困的”这种字眼，不能进入商场内部只能站在门口等等，我深以为然。

就像“嗟来之食”的故事里那样，很多人在帮助他人时往往会忽略接受者的感受，但即使是快要饿死的人也依然有自尊，因此要时刻把对方当作一个和自己平等的人来提供帮助而非施舍恩赐。同样的，我们这些募捐者也要把自己放在和捐款人平等的位置，不是去恳求路人们发发善心，而去呼吁大家帮助需要帮助的人并提供渠道。在我看来，捐款与否都是个人的意志，不捐也不代表就是铁石心肠的人；即便如此，依然有很多人看到我们在大门两侧募捐就特意绕到了我们身后走。

我们要做的事很简单，比如我就负责举着牌子，和旁边捧着募捐箱的同班同学小阳一起，在有人走近的时候大声说：“我们正在进行圣诞街头募捐，希望得到您的支持；为了全世界的孩子们，希望您能合作。”所有人分作两拨在两个出口募捐，我们基本都是一年级学生为主。老师来回巡视了一圈后说我们这边声音太小了，从对面叫了几个学姐过来。不知道是不是错觉，在音量翻了一倍后来捐款的人的确多了不少。的确，如果自己都没有底气的话，也很难感染别人吧。一开始的不好意思逐渐消失后，我也有空去关注来来往往的人了。

的确有很多人头也不回地就走了过去，但其中很多人在出门时会掏出准备好的钱。带着孩子的爸爸妈妈们往往会将硬币交给孩子，让他们自己把钱投入捐款箱。孩子们大多一脸腼腆地跑过来，“当啷”一声扔进去后就在响亮的感谢声中跑回妈妈身边。很多身体不便的人或是老年人也会缓缓来到我们面前，在放完钱后露出一个发颤的笑容。有匆匆瞥几眼就快步走掉的学生，也有将零钱包里的所有硬币一个个数出来放进去的老爷爷。还有一个戴着耳机的年轻小哥明明都快走进商场了，突然像想起了什么似的又折了回来。很多人一来就主动解囊，也有人将购物后找的零钱当作捐款……短短两个小时也说不上能看出人情冷暖，但无数闪过的面孔和硬币的声音却真实地留在了我的脑海里。我和小阳透过捐款箱的细缝看去，各色硬币铺了一层，还有中午那场收到的一张蓝色的千元钞。我本来也想捐一点的，但活动刚一结束，老师就迅速把箱子收起来了。“这边的捐款比较多呢，”老师说，“车站那边就比这里少。”

根据后来的学校广播，我们这几场募捐下来的结果很好，我所在的那一场一共募集到了七万五千多日元。希望在我们待在开着暖气的屋子里的同时，世界上某个地方的孩子们也能享受到一场暖冬。

2017.12.11

日本的冬天

这三个月来，我越来越觉得“一概而论”是一件多么不负责任的事。比如本月的主题是“日本的冬天”，可我一共才在这里待了多久，能说的充其量也只有冈崎的冬天，还只是冈崎今年的冬天。冈崎的冬天是日本冬天的一部分，但能说冈崎的冬天就等于日本的冬天吗？肯定不行。就像同学们问我“全中国都是这样的吗”时我无言以对一样，就算是日本人也很难完整地说出“日本的冬天”是什么样子的吧。因此，在每次回答大家的问题时，我都要小心翼翼地加上例如“这只是我身边的情况”“据我所知”“别的地方大概不是这样，但北京是……”的限定词。我不想作为一个孤本给大家留下片面的印象。

絮絮叨叨地说了那么多给自己撇清了责任，该好好写写我所见到的日本的冬天了。在我的惯有认知中，12月起就应该是冬天了，但举目所及的一切都是金秋的样子。蔚蓝高远的碧空，凛冽清新得惹人怜爱的寒风，天空中则总有几抹淡淡的轻云和正午就高挂在天际的白月。墙角的野花和路边的灌木丛里的粉色花朵仍然心安理得地绽放着，而那些看了就令人心生温暖的银杏树就那样直挺挺地立在阳光里，和我在北京时看到的一模一样。

傍晚，有时还能看见漂亮的火烧云。没有高楼大厦的遮挡，大片火焰般的云飘过，仿佛整片天空都在燃烧似的。倒不是说其他季节就看不到这样的景致，但只有在冬天才格外体会得到其中的韵味。每每在晚风中冻得快走不动路的时候，总会不由自主地停在这片天空下，看归巢的乌鸦飞过割裂天空的电线，一天中最后的光亮消失在那些剪影的尽头，而夜幕与星斗从左手边徐徐升起。那一瞬间，呼入的冷风刺激着鼻腔与呼吸道，皮肤表面传来热量散去的感觉，让我没由头地确信我就是为了这个时刻才来到这里的。

比起冷到让人不想起床的夜晚，我还是更喜欢白天。12月初站在阳光下时暖洋洋的非常舒服，但到了中旬就不敢这么做了。但12月还有红叶，真是惊到我了。日语里“赏花”一词用的动词是普通的“看”，而“赏红叶”则是“狩猎”的“狩”，别有一种野趣。我猜测这是因为顶着寒风在苍茫的冬日山野里寻找一抹比春花更正的大红色，需要猎手般的毅力；而真正看到时，心里那种能将之前的一切辛苦一扫而空的满足与赏景时心中的叹惋，又远胜观赏那些怒放时人头攒动的樱花——虽说我还没赏过樱花。

提到冬天，最应景的果然还是雪。关于冈崎到底下不下雪这个问题我已经听过四种不同的答案了，但“就算下也不会下多少”这句话倒是共通的。其实我倒不觉得那么遗憾，毕竟就算在北京，雪也成了越来越罕见的东西。可忍着这越来越难以忍受的严寒还看不到雪，还是让人觉得不值。入冬以来的降水只有两种，雨夹雪或纯粹的雨。不过之前看到的一场雨夹雪真的十分惊艳。天上浮着或明或暗的云朵，缝隙间露出湛蓝的天；就在这时突然有雨点劈头盖脸而下，我急忙跑到另一朵云下面，眼看着几米之外的地面逐渐被濡湿而脚下还很干燥。这时又有什么细碎的东西掉了下来，砸在脸上有些疼痛——是在冷风中匆匆凝结的白色冰晶。此时不远处的层层阴云下正在下雨，而太阳却从另一边的云间探出头来，给白云镀上了耀眼的金边和富有质感的阴影。天蓝得发甜，风很大，可以看出云流动的姿态以及云朵边缘的水汽被风所侵蚀消磨，消失在空中。那天我这样站在雨里看了好久。

总而言之，即使冬天不是我喜欢的季节，我也很喜欢这里的冬景。就像尽管从冈崎城下流过的乙川旱得河床都裸露出来了，我还是喜欢那走在河岸上时扑面而来的冷风。

2017.12.12

合唱比赛——无论多么努力，也不意味着能一切顺利

之前也说过，预赛的时候我们班获得了第一名。可就像我们选的《结》这首歌里的歌词那样，有些事“无论多么努力，也不意味着能一切顺利”。在决赛中，我们没能迎来大家所期望的结果。

合唱大会一共要唱两首歌，一首是每个班自选的自选曲，一首是全校统一的必选曲《一同》。我很喜欢这首曲子，但我当时报名去了中声部，而《一同》的中声部部分难到“爆炸”，其中有两句词我们单独练习的时候都没关系，但一合唱就老是被高声部带跑，不知道该说什么好了。中声部本身被高低声部夹在中间，而且旋律起伏小，容易被更鲜明的高声部影响。再加上之前预选赛只用唱自

选曲，更难的必选曲反而没有练够。不过在食堂吃午饭时听三年级的学姐说她都三年了也没学会这首歌，也太难了吧。

不光因为曲子本身难，我感觉身边的同学们也和之前有所不同了。预选赛前，大家练得真的非常努力。但最近这段时间，我总能感到急躁和疲惫在同学们之间传播。或许正是因为每个人都以冠军为目标，才会因为一点没唱好的地方就顿感挫败吧。那种每个人都忘我地投入其中的感觉消失了。

比赛前这一周每节课都减到了四十分钟，这样每天下午就都能多出一节课用于练习。此外，早上还有每个班自发组织的练习。虽然大家还在一遍遍地练习，但越是练习暴露出的问题也就越来越多，即使分秒必争也没法全部解决。最后，我们没有达到让大家都满意的地步就匆忙参加比赛了。赛前，大家在一张纸上写了鼓励的话语，每个人都信心满满；可那个时候我就在想，这次可能不会像上次一样顺利了。毕竟直到上台的时候，我心里还一点底都没有。

我们抽签抽到了第一个出场。这样就不会受其他班影响，只要想着把自己最好的一面展现出来就行了。我还记得那时我唱得多么卖力，记得我们发挥得远超平时练习，记得我们如何唱准了每一个音。中场休息时，大家约好无论被叫到第几名都要高兴地跳起来——但我们最后并没有被叫到，名次只宣布到第三名为止。

大家都很沮丧，这是必然的，我也很沮丧。大家嘟嘟囔囔地说“想知道原因”，但等评委的评价单发下来后却因为字潦草得难以辨认而放弃了。在听了第二天的全校比赛，尤其是三年级学姐们的合唱后，我意识到我们根本没有竞争学校第一的实力。对其他同学来说，还有两次机会；但对我来说，这就是最后的合唱大会了吧。不过《结》里同样有一句歌词是“不要放弃，要记得没有什么事是没有意义的”，不管怎么说，这段时间的经历肯定是有意义的。

2017.12.21

和服、寒风与犬山城

放寒假了，终于有空去稍微远一点的地方玩了。结合小真的推荐和之前在电车上看到的广告，第一站就定在了织田信长叔父织田信康的城，犬山城。在去犬山城的前一晚，我临阵磨枪地补完了《哈佛日本文明简史》的德川幕府部分，指望能成功搞清楚织田信长、丰臣秀吉和德川家康三个人之间的关系，没想到这简史名副其实，简之又简，恨不得一个自然段就讲完了幕府建立前的所有事。其中有一段关于这三个人处事方式不同的描述非常有趣，大意是说如果要让一只不唱歌的鸟唱歌，织田信长会说："如果它不唱我就杀了它。"丰臣秀吉会说："我会好好劝它开口。"德川家康会说："我会耐心等到它唱歌。"

言归正传，来讲讲我的犬山之行。我查好了天守的开门时间，坐一大早的电车到了犬山游园站。入冬后红叶落尽，这里也算是彻底迎来了旅游的淡季。不过2018年是狗年，而犬山城是日本全国唯一名字里带狗的景点，过年的时候可能会热闹一点吧。在沿着木曾川前去景区的路上还有当地人主动跟我说早安，让我因坐错了车多付了一份车票钱的坏心情一扫而光。

犬山城最有名的是日本现存最古老的木质天守，不是名古屋那种战后重建还安了电梯的，而是真的保存至今的木质天守。围栏很低，楼梯还特别陡，一大早登上去寒风呼啸，脚下是木曾川滔滔流过，也有相当的豪情，就是太冷了。从天守下去后，我就去了犬山城城下町逛街。格局上来讲倒是和书上描写的一座城堡一座城市的组合别无二致。

其实当时小真推荐犬山城时最吸引我的是可以穿和服，于是我就直接去了租和服的店，还盘了头发。我选了一件蓝紫色的和服与红色腰带，非常配三光稻荷神社大红色的鸟居和粉色的心形绘马。穿上了有些沉重而毫不保暖的和服后，接下来的行程就是穿着木屐逛街了。不得不说，在系上那一重重腰带之后整个人的举止都端庄了起来，为了不弄脏漂亮的袖子和前襟也只能小心翼翼地走动。穿着和服漫步在游人稀少的街道上，无论是抽恋爱占卜的签还是坐在长椅上晒太阳都别具情趣，连吃荞麦面和五平饼时都感觉风雅多了。

下午稍微暖和了一点，但当时的真实情况绝对不像照片上那样泰然自若，事实上镜头外的我无时无刻不在瑟瑟发抖地喊冷。在那里照了好多特别漂亮的照片，在绘马上写了祈福的话语，逛了神社看了美景，非常开心。但时间有限，没去那家名叫乐苑的有名的茶苑，后来冈田老师还批评我说："都到犬山城了却没去有乐苑，太可惜了！"可是街边咖啡馆的红小豆汤也很好喝呀。

最后，我就着夕阳的余晖往回走，和犬山城告别。到名古屋站的时候刚好是饭点，非常幸运地吃到了平时要排长队的鳗鱼饭，满足地坐着飞驰的电车回去啦。

2017.12.22

名古屋城与名古屋港，冬至的落日

寒假出游的第二站定在了爱知县的首府名古屋。今年恰好是冬至，今年的冬至真早啊。一年中白昼最短的日子，就这样被我用来逛名古屋了。

今天第一个景点是著名的名古屋城，九点钟刚刚开门我就进去了。周五上午游人很少，十分清静。名古屋不愧是国际性的著名景点，到处都是多种语言的景区介绍。我本来想着看看天守阁就走应该花不了多长时间，没想到一进门就去喝了抹茶，然后还没走到天守就不知怎的拐进本丸御殿去了。

脱了鞋走在冰凉的垫子上，晨光透过纸窗落在走廊和房间内，十分幽静。为了尽可能重现当时的室内布局，整个本丸御殿里没有安放暖气设备。我先是像平时一样走马观花地游览了一番就打算出去了，但入口处一位中国员工极力推荐我租一个介绍耳麦再走一遍，盛情难却之下我只好照办，没想到这个耳麦的介绍完全改变了我眼中看到的一切。原来每扇屏风上绘制的虎豹、锦鸡与各种吉祥植物有着不同的寓意，几间屋子的布局背后是这么多礼数和周全考虑，地面的凸起程度和不同的天花板纹样体现了地位的尊卑，室内的摆件也藏着主人的各种心思……如果不知道这些而只是欣赏其流于表面的华彩之美，就太可惜了。

绿瓦白墙的名古屋城是日本的三大名城之一，在历史上也具有相当的地位；但现在重新装修后内部连电梯都有了，变成了类似博物馆的地方。各种对当时风土人情的介绍和展品还是非常详细的，不过可能是已经见过冈崎城和犬山城了，反而没那么激动。吃过午饭就动身去往今天的第二个目的地名古屋水族馆了。

名古屋水族馆就位于名古屋港，旁边就是大海。我已经好久没有见过大海了，一出车站居然很不顾形象地跑了起来，看到了海平面之后还激动得差点蹦又跳的。真的是海啊！而且是那种停着货轮的海啊！

海洋馆稍微有点年头了，我这次没有看到宿管老师口中特别可爱的企鹅散步，不过要说鲸的话近距离看到了白鲸、海豚和虎鲸，还赶巧看到了彩灯下的沙丁鱼鱼群的喂食表演，感觉也不虚此行啦。所有展馆按照不同地区的海划分这点挺有心的，有种重走海底两万里的感觉，特别是热带海洋部分，成功勾起了我对五彩斑斓的珊瑚礁还有热带鱼的喜爱。

从海洋馆出去，刚好赶上日落。冬至的落日、一年中最早的落日在我眼前缓缓坠向海平面，整个海港笼罩着靓丽的淡粉色，金红色的太阳在海面上拖出一道耀眼的倒影。这一年来发生了那么多事，而每天都被高楼环绕的我，的确很久没有认认真真地看一次落日了。于是我非常认真地目送它被波涛一口吞下，深蓝的夜色逐渐从我背后蔓延到眼前。再见啦，我有些认真地告别道。

2017.12.28

在烧着火炉的童话小屋里

年关将至，宿舍关门，我也正式开始了在住寄宿家庭的生活。我住家妈妈野本太太是光之丘的第八届毕业生，和我这第六十多届生之间差着相当的辈分。即使这样，野本太太依然坚持不许我叫她奶奶。

缘分真是奇妙啊。

住家爸爸野本先生在今年夏天去世了。他几十年前在欧洲留学时得到过许多人的帮助，因此回国后特意在家里布置了一间接收留学生的房间，几十年间接待了无数从世界各地来到冈崎的外国人，这次我也有幸来到了这里。野本家布置得独具匠心，高高的天花板上吊着风扇，还有镶嵌在一整面墙上的书架，整间屋子都弥漫着一股原木的香气。没想到我真的有机会住在这种童话一般的屋子里啊。

我最喜欢的还是门边小小的壁炉。当然，拥有一个真正的壁炉也意味着需要照顾炉火。从我自告奋勇接下这个任务后，早上把搁在楼下的木柴抱上楼，清理昨天燃尽的炉灰，将木柴像搭积木般搭在壁炉里，中间塞进揉成团的报纸和苇秆，划着火柴引燃报纸，等苇秆也开始烧了就关上炉门打开排气阀，心情好时放一个红薯进去烤等一系列事就成了我每天的必修课。芦苇干燥而中空，非常易燃，很快就能燃起熊熊烈火；但即使是这样，如果不能成功引燃木柴也会很快熄灭。忘记及时添柴也是这个结果，只能从头再来。一般点壁炉这件事就要花掉早饭后的一个小时，而我又总舍不得离开自己亲手点的火，总喜欢在壁炉前热乎乎的木地板上坐着，感受热度透过玻璃传来烘在脸上，看火苗燎过物体的边沿，红光从裂纹里冒出来，隐隐显出木柴的纹理，不时爆几个火花打在内壁上。

此外就是扫除，这么大一栋房子的扫除也非常费时间，我也跟着打扫了自己的房间，擦了窗户。

换窗帘、擦窗户的时候需要站在桌子上。在我做这些的时候，野本妈妈站在旁边叮嘱我小心一点，说她有个亲戚就是前两天大扫除时从高处摔了下来受伤了，紧接着又说她丈夫还身体还健康时，这样的活儿都是他来干的。

野本先生的灵位就在我房间的门口，每天晚上睡觉前从位于房子另一端的餐厅走过漆黑一片的大房子时，我都觉得他应该还在守护着这里。不知道为什么，虽然不知道说这话合不合适，我还是对野本妈妈说："那今年这些活儿就交给我吧。"

每天晚饭后的碗也是我负责洗，但比起宿舍那令人倍感疲倦的扫除，能洗完澡就睡觉还是很舒服的。为了能多和野本妈妈交流，我每天都在客厅里写作业和日记，不时聊聊天什么的，感觉有人关心自己，特别温馨。能有一起吃饭的人果然还是很重要啊，住宿的四个月里，我无比怀念每天有人给自己精心准备饭菜、一起共进晚餐的感觉。每天的饭有日式也有西式，但毫无例外都非常好吃。野本妈妈还是茶道高手，每天的饮料有红茶、绿茶、咖啡、普洱茶、果汁什么的，都不带重样的，真的像住在童话里。童话里的人家也是要过年的，三十号就要去老家捣年糕啦。

2017.12.30

一家人一起捣年糕

今天一早，我们就去几条街之隔的野本家老家捣年糕了。野本爷爷年逾九十却依然精神矍铄，有着饱经世事的老年人特有的爽朗与健谈。这是我第一次在日本看到四世同堂的大家庭，就像电影《夏日大作战》里那样，合家团圆之际一大家子人聚在榻榻米房间里，孩子们跑来跑去，大人们围在圆桌旁边吃橘子。我拿着人家递给我的茶水点心干坐了一会儿，觉得干坐着不太好，就去走廊加入到捣年糕的行列了。我和大家还在用木制的锤子与桩子捣年糕，没想到现在居然连年糕机都有了，只要把洗好的糯米放进去，不一会儿就能变出年糕，唯一需要人做的就是将它切成方便入口的小块。年糕黏在刀上很难切动，家里长辈告诉我要用刀尖轻轻地划开，还不知道从哪儿变出了一个白萝卜头让我用这个擦刀防止年糕粘在刀上。几大块摊成圆形的年糕很快切完了，我去和野本妈妈的孙女打了一会儿羽毛球，一直到有人叫我们回来才回到屋里，耐心地等待年糕上桌。

我一直都很喜欢吃年糕，但一天之内连吃这么多年糕真的让我短期之内再也不想看到这种白色的糯米制品了。一开始先是加了白萝卜碎的年糕汤，高汤里能尝出昆布和鲣鱼的味道，清淡而回味悠长，配以萝卜的辣味使得口味不过分单调；然后是四角形的年糕直接蘸酱油卷上海苔，味道比刚刚的要咸很多。在我心满意足地喝完了第二碗年糕汤准备结束战斗时，厨房里又传来了“红小豆馅的年糕好了哦”的声音。我权衡了一下，还是举起了盘子。野本妈妈问我：“要不要烤一下？”我坚定地回答道：“拜托了。”

烤年糕也非常好吃，表面焦脆内里软糯，滚烫的红豆沙却又有着丝丝清甜，然而就在吃完这个之后，我脑子里有一个很清晰的声音说：“到此为止了。”饭后，我又很荣幸地被小妹妹指名跟她打羽毛球，和她在午后暖和的阳光下玩了一会儿。经历了几次把球从仓库顶上够下来，从花丛里扒出来之后，我们带着一后备厢的年糕和爷爷种的蔬菜回去了。

回去之后小妹妹很快就睡了，我则一个人去了附近的超市。之前聊天时说起过饺子是中式年夜饭的主食，野本妈妈就问我能不能做给大家吃。在一番详细的调查和学习后，我决定做芹菜木耳和胡萝卜两种馅的。其实我只是临行前为了充场面而做过一次而已，以前过年从来都是随便包两个就洗手看春晚去了。不过既然答应了，我就尽力做好吧。实在不行我还可以远程求助家里人，应该没问题的吧。

2017.12.31

有饺子的年夜饭

12月31号这天早上，我和大家打招呼说新年好，结果野本妈妈纠正说这是明天这个时候的祝福语，那就留到明天再说吧。

昨天买回来的做饺子的原材料都已经准备好了，现在就差包了。野本妈妈与野本妈妈的儿媳，也就是小妹妹的妈妈在厨房里准备正月料理，我就在餐厅的桌旁准备饺子馅。饺子皮是买的现成的，为了有新意一点，饺子馅我准备了芹菜木耳和胡萝卜两种。洗好菜之后我本来还准备展示我的刀工，结果在见识了打碎机的能力后，立刻转而投奔科技的力量了。不得不说这个打碎机真是太方便了，我最后甚至在葱姜蒜上都没动刀，全凭操作打碎机得到了形状规整的葱段和姜末。当然，胡萝卜擦丝还是我亲自动的手，但这其实也只是因为打碎机打不出那么细的丝……

然后就是将蔬菜和肉馅混合，按照菜谱添加配料。有电子秤在这些都不是问题。混合均匀后，又各加了两个鸡蛋进去，让野本妈妈惊讶了一下。接下来酌量添加酱油、盐和香油调味，控制水分，饺子馅就算完成了。这么说看上去似乎很轻松，实则不然。虽然搅拌肉馅的手感很好，但我没搅多久就偷懒去吃刚炸好的小鱼干了。到最后万事俱备，我却感觉成品和以前在家里看到的不一样，就拍了视频向在国内远程关注着这边的妈妈寻求帮助。妈妈要我少量多次加水搅拌，还让我给芹菜那边加盐。胡萝卜馅色泽鲜红而味道清新，芹菜馅则中规中矩，但是特别有家的感觉。两盆馅终于得到了妈妈的肯定，可以开始包啦。

正好旁边正月料理的准备似乎也已经就绪，小妹妹的妈妈就过来帮我一起包饺子了。小妹妹妈妈用的是日本的中华料理店的包法，在饺子皮边沿沾一点水，然后依次叠出一个个褶子，看上去很结实，但每叠完一个饺子都要擦掉被挤出来的馅。我们一边包一边聊，我讲起在国内时听奶奶说过的北方人家的新娘考试，内容就是新娘自己擀皮做馅包饺子，如果饺子皮和馅能刚好同时用完就说明是个贤惠的新娘。随着饺子皮越来越少，我一边包一边开玩笑说我大概是通不过了。果不其然，最后饺子皮用光，馅还剩好多。我们商量了一下该怎么办，正好明天还要去爷爷家，所以决定再买一点饺子皮做好了带过去。满满两盘饺子做好了，我顿感轻松地解下围裙，坐等开饭了。住家妈妈问我这样是不是很有身在中国的感觉，我很老实也很不好意思地承认过去我基本只负责吃。

然而，事实证明我当时觉得包好饺子就大功告成的想法大错特错。荞麦面出锅后，我正打算煮饺子，却发现不知为什么所有饺子周围都渗出了不明液体、黏糊糊地粘在盘子上了。我这才大呼不好，瞬间想通了为什么要把饺子放在竹席上、为什么每次刚包好奶奶就着急去煮。饺子馅里的水分常温下容易渗出来，所以要么一做好就放进冰箱冷冻，要么就立刻下锅煮熟。竹席、面粉都是为了避免这种情况出现，结果我只象征性地沾了点面粉就将饺子直接放在瓷盘上了，完全没有想过还有这种事。

事已至此，就只能补救了。胡萝卜馅的因为要做成煎饺所以即使破了也不怎么碍事，选几个还比较完整的下锅煎就好，问题是要当成水饺煮的芹菜饺子，如果煮的时候破了就只能该喝肉丸子面片汤了。不幸中的万幸是，我还是成功找到了十个完整的饺子并把它们从盘子里小心翼翼地拎起、没有让它们破掉，但这样一来最后每个人碗里的水饺都是扁扁的一片。

锅里的水沸腾两次后，饺子终于浮上来了。我努力摆出一副中华小当家那种胸有成竹的表情，蘸了一点白醋，张嘴咬了下去。只是没有黑色的醋总感觉哪里怪怪的。

饺子吃到嘴里的时候，我就知道不好了。妈妈说过芹菜馅要多放盐，我又当耳边风了，造成的结果就是饺子味道太淡。大家在等我做出评价，我只能捂着嘴说了一句“太淡了”，然后就忙不迭地道歉，结果大家尝了尝都说挺不错的。

煮好水饺后，我又去照看了一下煎饺。胡萝卜馅的煎饺煎得金黄焦脆，非常诱人。热腾腾的煎饺就很好吃了，这次我一边试吃一边给大家比一个了大拇指，大家都放心地笑了。等我吃完荞麦面、打算再吃几个饺子收尾的时候，才发现放在桌子另一边的煎饺不知道什么时候已经被吃光了。大家这么捧场我好开心啊。

按照日本的习俗，除夕这天晚上要吃传统的荞麦面，小妹妹的爸爸给大家炸了好多天妇罗。电视上放着今年的红白歌会，这边一个红色的汤锅里热汤咕咚咕咚，那边一个红色的炸锅里热油嘎吱嘎吱，还不断有热腾腾的酥脆的天妇罗和各种花花绿绿的菜肴来到桌子上。大家一边享用饺子和荞麦面一边吃着小鱼干、鱼子之类的小菜，我还喝到了家里自酿的梅子汁，兑了苏打水之后酸甜可口又清爽，能一直喝到牙疼。

这就是我在日本吃到的、热腾腾的、很有家乡气息的年夜饭。这个晚上到这里还没有结束，但有关年夜饭的部分就到此为止吧。

2017.12.31

除夕钟声

关于除夕夜要写的除了年夜饭之外，就是守岁了。之前被问到中国怎么守岁的时候，我还给大家表演了电视上主持人说“三、二、一，祝全国人民新年快乐”的样子，结果没想到这次我真的实打实地敲除夜之钟去了。

随着今年的红白歌会又以白组的胜利落下帷幕，一家人也开始飞快地穿外套准备出门。路上非常寂静，甚至能看到月朗星稀的夜空。“在北京这个时候早就有人开始放炮了吧。”我一边说着一边上了车。小妹妹的爸爸驱车带我们去了家附近的觉照寺。我们在车上紧紧盯着数字显示的时间，看着它从11:59蹦到了0:00，车里随即响起一片此起彼伏的“新年快乐”。2018年来了，我们所在的小小的蓝色行星又一次绕着它的恒星转了一圈。就像野本妈妈说她现在感觉新年也是很平常的一天一样，只在世上过了十六个年头的我，肯定也还不知道吃过几十次跨年荞麦面是什么感受。

觉照寺很快就到了，停车场里空荡荡的，但院子里已经排起了长队。全家人一下车就开始很着急地小步往前跑，我不明就里，也亦步亦趋地跟在后面。一到寺院门口，野本妈妈就很开心地说：“太好了，太好了。”我一头雾水地学大家的样子在佛前鞠了一躬，用日语念完了打过腹稿的新年愿望又放了香钱，这才有机会问发生了什么。原来除夕敲钟是需要拿号的，去晚了就没有了。来得早不如来得巧，我们刚好赶上了最后的几个，我拿了第九十九号，小妹妹拿了第一百号。

之前现代社会课讲佛教时讲过，佛教认为人有百八烦恼，因此一百〇八下除夜之钟也就意味着消除全部烦恼。“烦恼”一词在中文里可以表示大大小小各种不顺心的事，但在日语里则几乎只有宗教意义上的含义。我一边排队一边和野本妈妈聊着这些，还有些想炫耀学识般地问道：“这就是所谓的‘初诣’吧？”结果野本妈妈却说这个词专指去神社参拜，像这样来寺庙敲钟不能叫初诣。

为了让排队的人们暖和一点，寺院里燃起了篝火，住持一家还在给大家分发驱寒的饮料。我喝了一杯，感觉有点像醪糟。很快就轮到我了，我钻进了大钟的围栏之内。半人高的铜绿色大钟上写了很多密密麻麻的字，但也没有时间去细看了。我深吸了一口气，心里念着“愿新的一年能有好运”，托着横木撞了上去。大钟稳重地

“当——”了一声，振动顺着木槌传到了我的手上。我还学着前面人的样子扶稳了摇摇晃晃的横木，免得一不小心把排在我之后的小妹妹的烦恼也消除了。我下来后，小妹妹迫不及待地用力敲响了第一百下钟，大钟也很给面子地大声“当——”地响了一声。在我们之后，很快一百〇八下钟都敲完了，聚在火边的人们互相道着新年好，各自回家去了。我也深深地吸了一口新年的冰冷空气，回到了温暖的车上。

明天，准确来说是今天，是新的一年，新的一天。

Part Two

第二部分

2018

2018.01.01

团圆的时刻，正宗的新年料理与寿喜烧

新年快乐！

今天我才知道，之前家政课上做的正月料理并不是一年中最后的晚餐，而是一年中最早的早饭。早饭吃得如此隆重在我看来挺不可思议的，但由于昨晚的守岁和敲钟大家起得都很晚，全家等日上三竿时才开始吃饭。在国内，过年期间最重要的一顿饭是除夕夜的年夜饭，但在日本却是新年第一天的早饭。因为日本人认为年前大家都忙着准备过年，没时间大吃一顿，就连除夕夜吃荞麦面也是看中它方便好做。

昨天在我包饺子时野本妈妈和小妹妹的妈妈一直在忙着做的正月料理终于上桌了。各色菜品装在红彤彤的食盒中，缀以绿色松

叶，颜色鲜艳惹眼。野本妈妈一一向我介绍这些菜式的寓意：黑豆象征勤勉，红白鱼板状如日出，象征新的开始；虾由于身子弯曲且有长须，像老年人，故而象征长寿；鱼子象征多子多福；栗金团象征财富。至于烤牛肉倒没有什么寓意，只是因为家里人很爱吃就加进去了。我个人最喜欢鱼板，有鱼肉的甜味，咬起来很弹牙。此外，热乎乎的年糕汤也是传统的过年食物，它用它那清淡的味道温暖了我的肠胃，给全是冷食的早餐带来了一丝温度。我果然还是没有完全适应这边的饮食，一过节就吵着要吃热气腾腾的大鱼大肉，但冷餐的好处就是抑制食欲，而且吃完了感觉肚子里没有什么负担。我每样都尝了一点，不知不觉间也就饱了，还喝了一小杯屠苏酒。一家子人一顿居然没吃完这三盒菜，还留了不少当中午饭。据说过去为了让劳累了一年的主妇们在新年时好好休息，年菜要准备足足三天的量好不用开火做饭。

十一点，我们又去了觉照寺参加新年的修正会，来的大多是附近带着孩子的老人。大家一起跟着住持诵读了经文，经文全是汉文，用的是古文课上学的读法，我理解起来还挺容易的。最后听完住持的讲话后，修正会就宣告结束了。修正会结束后，野本妈妈把我介绍给了一起来参加修正会的亲戚们，被大家问到将来的梦想时，我本来只打算随口一说应付一下的，却突然想起了之前在犬山的神社抽到的签，“学业运”的部分写着：“要诚实地面对自己的梦想，不要在意他人的目光”。想到这里，我仿佛受到鼓舞般回答说：“我想上东京大学。”没想到真的说出口后才发现并没有我想象中羞耻，大家听了纷纷鼓励我，祝我梦想成真。

元旦晚上是大型家庭聚会，上次捣年糕时的一大家子人今晚又来到了爷爷家，每人一个蒲团围坐在和式房间的大长桌旁，就着三个电磁炉吃牛肉火锅。就像昨天说好的那样，我也带来了今天新包的饺子，这次的饺子刚包好就放在垫了厨房纸和面粉的塑料托盘里送去冷冻了，所以形状保持得很好，馅的味道也稍微做了一些调整。

有了昨天的经验，我对包饺子也有了一些心得，煎饺成功做好了，水饺则向管厨房的婶婶交代了怎样煮熟。婶婶让我先去吃寿喜烧，我就从厨房回到了客厅。我刚想见识一下正宗的日式牛肉火锅要如何调制底料，就看见小妹妹的爸爸抄起酱油、黄糖和一瓶日本酒咕咚咕咚地倒在了锅里，是早就对其中的比例烂熟于心了，还是根本不在乎这种细枝末节呢？不过随着鲜甜的香味升起来，这都不重要了。我早就在碗里打好了生鸡蛋，一等牛肉变色就将它捞了起来。薄薄的肉片肥瘦相间，浸满了酱油醇厚的鲜味和砂糖的甜，还有一股淡淡的酒香，几种强烈的味道在蛋液的包裹下又互不冲突，吃起来驱寒又过瘾。虽然煮得软烂入味的白菜、豆腐、魔芋丝什么的也很好吃，但这种时候果然还是要吃肉啊！

一开始吃得太快搞得我一下就饱了，只能看着小妹妹在一旁持续作战。正好也到了上饺子的时间，我就和野本妈妈一起去煎饺子了。饺子出锅后，婶婶还特别贴心地问我要用什么调料，只有白醋可不可以。因为在日本吃饺子时一般会把酱油和白醋兑在一起或者只蘸酱油。

因为一大家子有老有少，我特别担心我的饺子冷场，没想到这次的反响特别好，很多人刚吃了一口就抬起头使劲向我眨眼点头，听说是芹菜和木耳馅的时候就更惊讶了。我一边忙着上菜装盘发饺子，一边回答大家的问题，在屋子里兴高采烈地转来转去，过了好半天才得空终于坐了下来，但那时吃到的饺子究竟是什么味道，我竟一点都想不起来了。

饭后，小朋友们都在宽敞的屋子里奔跑玩耍，大人们开始聊天。这时老爷爷突然跑过来跟我讲他当年的辉煌事迹，从小学时堂而皇之地顶撞老师的英勇行为到玩弹珠赚到第一桶金的经过；从他打官司过程中和己方律师闹到不欢而散的糟心事到“这算什么，想当年我游遍欧洲的时候……”的光辉岁月，整个过程中无数吐字模糊的专有名词夹杂着大量三河方言漫天飞舞，连他孙子辈的人听了都一脸迷茫，最后只剩下跪坐在他面前的我和野本妈妈还在听了。野本妈妈一开始还帮我把爷爷的话一句一句翻译成现代日语，结果爷爷越说越起劲，语速越来越快最后快到完全插不进话，一边说一边激动地伸手比画，一句话里恨不得只有一两个我听得懂的词，说到兴头上还猛地停下来问我他说的对不对。我们笑得眼泪都快出来了，只能一边笑一边连声附和。他讲了半天的欧洲之行，突然一拍大腿说：“对了！二十世纪八十年代的时候我还去过中国呢！”然后特别精神地从储物柜抱了一大摞分得整整齐齐的相册过来，抽出一本递给我，夸耀道：“我从三十岁起每天都写日记，几十年前的事情还记得很清楚！”

我翻开一看，真的是我出生之前的北京。老照片的色调和满街的自行车，街上的行人穿着跟历史书照片里一样的二十世纪八九十年代的衣服，那个并不怎么遥远的时代真的那样真实地存在过啊。不过最令我惊讶的还是1987年的飞机票和行李券，上面的字居然是粉红色的！突然觉得记录生活真是重要。爷爷还说了好多那个时候他看到的北京，完全就是电视剧里的样子。于是我也顺理成章地邀请他来看看现在的北京，他很自信地表示自己活过百岁一点问题都没有。到我们准备走时，我抬头一看表，爷爷整整说了一个小时。

希望我老了之后也能变成一个有很多故事的人呀。

以上就是我的这一年的第一天了。

2018.01.02

“元旦”日出与长跑接力赛

看元旦日出也是日本的传统新年活动之一。顾名思义，“元旦日出”指的应该是新年里的第一次日出，但由于除夕夜里又是守岁又是敲钟的，第二天一早起不来，就顺延到了2号早上。昨晚小妹妹的爸爸就跟我说，虽然大家看的是日出，但其实最好看的是日出前的景色。不巧的是，由于小妹妹有点感冒，所以只有我、野本妈妈和野本妈妈的姐姐黑柳太太三个人去。我们早上五点半就出门了，在半个小时的车程之后来到了邻市的森林公园。出门的时候天空还一片漆黑，但在去的路上就逐渐亮了起来。到了空无一人的停车场，我们马不停蹄地下了车就开始爬山。我第一次戴登山头灯好激动，结果没走几步天就亮了起来。黑柳太太多年来酷爱爬山，所以一马当先走在最前面。我走在中间气喘吁吁地跟着，为了赶上日出努力不掉队。爬山真的很累，尤其是在这种冬天的早晨，寒风扑面还不能停下。为了不给中国高中生丢脸，我一路上一直逼自己不要放弃，还咬牙坚持不去看表。

差五分钟七点时，我们成功登顶并爬上了瞭望台。这时天色已经大亮，远方的山巅飘着几缕薄云，山脚下的河流和城镇还在浅浅地睡着，只是四处都看不到太阳。从昨天来看真正的“元旦日出”的人们的照片上来看，昨天的这个时候这里挤满了人。七点都过了，太阳还没出来，我们都说是不是因为阴天不会出太阳，就把目光从东方移开，去看其他方向的风景了。就在这时，西边的山上突然浮现出一层金光，我还没反应过来，就听见她们大声叫我。我凑了过去，刚好看到太阳从山坳处一点点钻出来，耀眼的白光凝聚在一点，连旁边的云都染上了淡淡的橘色——传说中的钻石富士也不过如此吧。我目送着这个金红色的小点一点一点升高，直到变成熟悉的日轮大小，将光与热赋予这个陪伴了它四十多亿年的小小行星。此刻，这颗行星又一次步入了新一轮公转周期，而它上面偶然诞生的小小生命们正在庆祝这件事，为太阳，也为自己而高兴着。

我还是第一次专程来看日出，高楼大厦间的早晨过于拥挤忙碌，我仰头望月的次数都比看太阳多多了。这次能专程来看它，我也很高兴。尽管知道天体并没有意识，我还是突然觉得无论是作为种族还是个体都蒙受了它太多恩惠，不由得感激起来。山下，道路上车辆越来越多，沐浴在日光之下的、平淡无奇的一天又开始了。“那么今年也请多多关照。”我冲它挥了挥手，到小木屋里吃带来的面包去了。

我们回到家的时间比我平时起床还早，回去之后我倒头就睡了，一直到午饭时才起。来到客厅时，电视上刚好在放大学生箱根驿传的直播。其实我以前很少看体育赛事的，但2017年12月29号那天晚上看了全日本高中生决赛的录像后突然对它上心起来了。顺带一提，光之丘作为爱知县的女子队代表参加了决赛，而且第一次参加就取得了第十一名的好成绩，大家都很激动，野本妈妈那天还特地跑到京都去看了现场比赛。要说长跑接力有什么看点，果然还是要有自己支持的队，像我们当时看录像的时候就一直在说："快看快看赶上来了！""光之丘好快！""不好要被超过去了！""哎呀这一棒的选手好厉害！"我们就这样地，坐在电视机前跟着选手一起摇摆身体。在如此长的距离之下什么都有可能发生，一开始领先的人也未必能笑到最后，一开始全都相差不多的队伍在长跑的过程中逐渐分化，但仍然有反超的可能。看着选手们克服各种困难一路奔跑其实比想象中有意思多了，赛道两旁加油助威的人们再加上镜头的切换与激情洋溢的解说，很容易就浸入了那种热情高涨的氛围之中，看见选手摔倒了自己也担心得不行，看见选手跑完一程比自己跑完还要激动。这个比赛真的比想象中有趣多了。

在这之后又过了快乐的两天，1月5号，我告别了野本妈妈，暂时回到了宿舍。野本妈妈已经和我约好，她和黑柳太太今年会来北京看我。而且，野本妈妈听说了我正在学校学茶道的事之后，还特意带我去拜访了她的茶道老师冈田老师。冈田老师年逾古稀，精神却好得很，野本妈妈和黑柳太太多年来一直跟她学习茶道。我们喝了整整一下午的茶，聊了许多关于茶道与花道的事，最后约好往后的半年我每个月都要去她的茶室憩鸟庵练习一次茶道。当时我肚子里灌满了抹茶、绿茶、红茶、花草茶、咖啡和自己家酿的酸奶，完全没有意识到我好像就这么拜了师。

2018.01.08

新学期与新住家

寒假结束，第三学期很快就要开始了。随着新学期的到来，我也要搬到下一个住家去了。学校老师考虑到我一直住宿舍体验不到什么日本人家的生活，特意为我找到了松永同学家当住家。于是在新学期开始的前一天，我搬出宿舍，来到了新的住家。

来到松永家后，每天都要坐电车上学。我特别享受坐电车的感觉，一是因为我坐的这趟车一般不是特别挤，二是因为跟一车人一起摇晃着去向远方开始新的一天，在我看来是特别浪漫且富有仪式感的一件事。而从学校回家时想着前方那个亮着灯、有人在等你回来的家，心里顿时就温暖得不行。尤其是在最靠前的车厢透过玻璃门看驾驶员开车时，面对眼前铺开的长长铁路，心里总是雀跃不已。铁路跨过一大片田野和两条河，每天的景色都不一样。晴朗的早晨，耀眼的淡黄色暖光从前方照耀而来；多云的黄昏，夕阳在背后西沉，天际仿佛有粉红的兽群在奔跑。后来有一天下雪了，第二天雪霁，大地如同撒满了糖霜的蛋糕坯，小小的房子们则是精巧的巧克力堆儿，奔驰的红色电车就这样驶过一片纯白的世界。这样一场小雪让我一个太久没见过雪的北方人激动得不行，还抱怨下得不够大，积雪不够蓬松。结果第二天雪下了一上午，电车晚点，乘客多了一倍，车厢里还湿答答的。

要说坐电车上学还有什么好处，就是有了更多和同学们偶遇的机会了吧。第一天放学的时候我跟班里几个顺路的同学一起回去，在等车时和她们一起自拍了好半天。学校不允许使用手机，这是我第一次和大家拍那种满是小花和猫耳的照片。此外，在电车上遇到同学时，总能自然地开始聊天。有一次我和住在附近的小沙聊起这附近有没有书店，她索性直接和我一起下车，亲自带我去了车站附近的商场。逛完书店，我们还一起在麦当劳吃了肉桂点心，可以说是充满女高中生感的生活了。

上述这些好处其实都是附加的，住在寄宿家庭里真正的意义还是在于有和家人互动的时间。每天吃晚饭的时候，可以和松永家一大家子人一起围在桌子旁说一天中发生的各种大大小小的事。跟同学说话的时候我总是不太好意思，一遇到陌生的词就问人家什么意思，但如果是一家人的话就完全没这个问题。而且就算是最无聊的事也可以随口说说，反正就是分享一天的经历嘛。一次我无意间说起我2017年12月那次的日语能力考合格了，全家都特别高兴地计划着要带我出去大吃一顿庆祝。我一开始还有点错愕，因为我没觉得这是件多大的事——时过境迁，在真的看到我低分过线的成绩时，我并没有当初想象得高兴，反而很不知足地觉得是不是还可以再考高一点。可看到一家人为我如此高兴时，我心里也很温暖。虽然我周末经常晚起，经常吃家里的零食，还不帮忙分担家务，但家里人对我都非常温柔，温柔到我都有点不好意思了。松永妈妈经常和我一起看着电视聊天，爸爸给我推荐过报纸上值得一读的文章，弟弟妹妹们也充满活力，让身为独生子的我感受到了有兄弟姐妹是怎样一种体验。几个和你有着血缘关系、年纪相仿的人和你从小一起长大，相互关照，有时也有争吵，对于我这一代人来说应该很难体会到吧。

2018.01.18

相遇与别离的往复

这个月月末，澳大利亚来的留学生麦乐迪和克里斯蒂就要回国了。她们的高中和光之丘是姊妹校，这次是趁着澳大利亚那边的暑假来光之丘短期留学的。想想现在冈崎天寒地冻，南半球的澳大利亚却是夏天，真是奇妙。这两位来自澳大利亚的同学跟我相处的时间并不长，但却留下了非常多的美好回忆。可能因为都身为留学生，所以有种特殊的亲近感。跟我走得最近的应该是麦乐迪了，她和我在同一年级，教室也挨得很近，加之我开始住住家后常常在电车里遇到她，接触的机会就更多了。她为人直率热情，还说特别喜欢跟我说话，因为我说的日语比较好懂——同为非母语者的我，比起日本同学更清楚用什么样的句子和单词才最好懂。通过和她们的相处，我也看到了来自不同文化圈的人是如何学习日语的。不用像她们那样从图画开始学汉字让我为自己是汉字文化圈的人而庆幸。相应的，我们也没有她们在外来语方面的优势。

这一个月来，我们一起上日语课和日本文化课，一起去图书馆给孩子们读绘本，而现在，相处了这么久的她们就要走了。带着对她们而言的夏日异国见闻，将我们短暂重叠的生活剥离开来。我很平静地问起她们回国的日程，平静得就像问天气一样。有一天麦乐迪特别高兴地告诉我，她的住家带她去买了好多在茶道课上喝到的玉露茶，因为在澳大利亚很难买到。我附和着说真好啊，假装没有注意到这是她临行的准备。

首先离开的是克里斯蒂。周五放学，我们在走廊的岔路道别后，我和麦乐迪一起回教室的时候说至少你们应该还能再见到吧，没想到在我看来一直像个孩子似的麦乐迪很笃定地说："她住在墨尔本，我猜这是我们最后一次见了。"连同在一个国家的两座城市都很难再见了，那隔着大海的我们呢？看来不光是我，大家都看得很明白嘛。类似的感情我在一个月前三个来到我们班短暂交换的中国留学生走的时候就体味过一遍了，大家彼此都是高中生了，马上就要成为大人了，为了离别这种小事哭哭啼啼有失颜面，所以要保持微笑到最后啊。

再往深了想想，世界上根本没有能一生永远陪在我们身边的人。再悲观一点的话，甚至可以说我们一路上所遇见的人同我们的缘分都有着时限，从相遇的那一刻开始倒数，随着缘分耗尽逐渐走上不能为伴的旅途，说到底唯一的区别只是同行的时间长短不一罢了。这样看来，刚认识没两天就交换联系方式，就像紧紧攥住手中的流沙般，是在强留注定要消逝的东西，某种程度上也是不够潇洒、不够成熟的表现。

放在以前的话，我是会这样想的。可现在，我还是不愿意放手。给对方写临别赠言、交换联系方式，说着“以后如果来玩一定要来找我啊”这样不切实际的话，是否都只是为了抑制自己心中的悲伤呢？麦乐迪的邀请是真诚的，我相信她是真的在期待着能和我在澳大利亚重逢，一起去农场里剪羊毛。面对这样的她，我又怎么能用“海内存知己，天涯若比邻”这样体面的说法来自欺欺人地安慰自己呢？我又怎么好意思用“无为在歧路，儿女共沾巾”这样故作成熟的话来掩饰“如果可能的话真的不想就这样和你分开”的心情呢？

明明我们只共同相处了一个多月而已。

来日本快半年了，我与那么多人相遇、留下回忆，但终究是要分别的。从相遇的那一刻起，就是注定要分别的。不光是现在认识的这些人，就连国内的亲人朋友们，也都会随着时间流逝而渐行渐远，最后天各一方吧。即使情感和回忆不会淡去，那些能共同度过的时光也不再会回来了。以前的我可能还能说出诸如“还念往昔、珍惜此刻、展望未来”之类的积极向上的台词，但现在反而不行了。

不过，要真的想见的话，也不是见不到。比如现在我就在试着给不用社交软件的麦乐迪写信。所以我还是要不负责任地哼起了那首歌：“我们再相逢，不知何时，不知何地，但我知道一定是在一个艳阳天。”

周六上午，我一如既往地睡了懒觉，一如既往地在床上打开手机。看了看表，我想象着麦乐迪乘坐的飞机从跑道上起飞，一路向南飞回她的家乡。往后，我们会在不同土地上，日复一日地迎接晨昏的到来，日复一日地继续活下去。

2018.01.19

旅行青蛙，我也在路上

不行了，我必须为这款游戏写一篇日记。大概就在我也开始玩的时间点上，《旅行青蛙》这款日本手游的中国玩家突然开始爆炸式增长，而我身边的日本同学反而没一个知道的。

简单介绍一下，这是一款放置系游戏，玩家负责给一只爱旅行的小青蛙准备便当、护身符和道具，但无法控制其去哪个地方，只能通过不同的行李给其暗示，最终决定权还是在小青蛙手上。每次旅行，它都会带回照片和特产，在家里待一段时间后，又会悄咪咪地出门旅行。我家这只小青蛙特别像我，懂事、跑得快、善交朋友，而且目前还没有出现过出门好几天不回家的情况，最快的一次头天晚上去秋田第二天一早就回来了；而且回来了也不整天赖在家里，简直不能再乖了。

大概是在我开始玩的同一时间，这个游戏突然在国内火得不行。大家都开始在朋友圈里晒自己的小青蛙，还管它叫儿子，儿子出门了就抱怨它怎么还不发照片回来，儿子不出门就催它赶紧旅行去。一面为这只我行我素的小青蛙操碎了心，一面又把儿子带来的土特产炫给别人说：“看我儿子有出息吧！”这不就是妈妈每天念叨的话吗？

其实，关于这款隐喻着当代夫妻或是亲子关系的游戏爆红的必然因素已经有很多人写过。就像很多玩家会管自己的小青蛙叫儿子一样，在大城市打拼的年轻人，在异国求学的学生，离家的游子们，或多或少都因为这款游戏理解了家中那个絮絮叨叨的妈妈。我之前就不明白我妈妈为什么没事就要我发张照片，明明现在通信这么便捷，我又不会突然消失，很不明白到底有什么好担心的。不过我现在觉得，她大概只是想通过这种方式来了解我的生活吧。就像她所说的，并不是不信任或是不放心，只是想要更加了解越走越远的我，想通过这种方式陪在我身边更久一点。

有趣的是，这个游戏也让我提前了解了如何排解这种父母心。在过去的十余年间，我所认识的父母仿佛只有父母这个身份，但现在随着我这个孩子越走越远，对父母来说也是一个重拾其他身份的机会。在我所不知道的地方，他们也曾是孩子、学生、青年人，有我不认识的朋友、同事，有我不了解的过去、我不知道的喜好。他们永远是我的父母，但他们也绝不只是我的父母。我很高兴现在他们有自己的学业和事业来填补我不在的空白。很多父母会用“我做什么都是为了你、你是我的一切”来控制孩子，在我听来这就是以爱为名的绑架。为人父母一定比我想象得要辛苦得多，但孩子不该是父母一生的全部。就像之前的日记里也写过的那样，没有人能陪伴另一个人一生。孩子逐渐离去的过程，对父母来说也是逐渐找回自我的过程吧。像我玩这个游戏最开始的几天恨不得一有空就去检查小青蛙在做什么，无论它在不在家都焦虑得不行；而现在我只是估计一下时间差不多了就去收一波三叶草、看看相册和信箱。毕竟在游戏之外我也是很忙的嘛。

不过无论怎么说，我的父母永远都是我的父母，我也永远切不断与他们的联系。无论发生什么，这世界上至少永远都会有一个接纳我、抚慰我的地方，永远会有两个无条件包容我的人。因为有这些在，我永远都可以继续前进。

顺带一提，我妈在我的建议下也去养了只青蛙，还起了我的名字。

她开心就好。

2018.01.25

芋煮会

25号是高一年级的芋煮会。这天早上下雪了，雪后初晴的天空碧蓝耀眼，风也冷飕飕的，这种时候吃一碗暖乎乎的土豆炖肉汤和咖喱乌冬面真是太享受了。

芋煮会本身是日本东北地区特别是山形县的习俗，因为学校有位老师是山形人，所以地处爱知县这样的中部地区的光之丘每年也办芋煮会。一般来说芋煮会应该是煮芋头，不知道为什么我们这边变成了土豆。一开始我还想象过在班里支一口大锅大家往里面“扑通扑通”地丢芋头的景象，结果我们要做的只是从家带一份切好的食材，然后坐在班里等负责的同学把锅端回来就可以了。

早上刚到学校，就闻到了家政教室附近走廊里飘荡着的咖喱香气。大家带来的切好的土豆、胡萝卜和洋葱被统一收上去后，发下来的时候就变成了一锅土豆炖肉加咖喱乌冬面，里面还加了各种蔬菜。土豆炖肉的味道非常鲜美，咖喱乌冬面听起来像是暗黑料理，其实味道意外地好吃。热乎乎的咖喱酱裹在滑嫩弹牙的宽面条上，有着和咖喱饭完全不同的风味。这种时候就后悔为什么不让松永妈妈给我准备一个大一点的碗，不过三碗下来也吃得很饱。外面天蓝得很漂亮，风也很大，而这种时候裹着毯子在屋里吃热腾腾的面真是太舒服了。

下午本来还有体育比赛的，但因为最近流感比较严重就取消了，好遗憾。

放学后，我们在走之前不知怎的聊到了游戏，小亚和小悠几个同学就带着我在教室后排玩起了“不倒翁倒了”，一个类似于国内红灯绿灯小白灯的游戏。我们像是变回了小学生般，腾开桌子玩了好几轮，比体育比赛有趣多了。这么长时间过去，我早就对光之子们的真面目了解得一清二楚了。她们哪儿是什么文静优雅的大小姐，明明都是一群仗着自己穿了运动短裤就趁老师不在的时候把百褶裙整个掀起来披在身上扮演鳐鱼的、普通的女孩子

2018.01.28

下雪的日子

这个周日一天时间内发生了那么多事，真是佩服自己的行动力。

因为之前和一位在光之丘上学的中国学姐报名了图书馆Libra举办的外国人日语歌比赛，上午就先去学姐家的中华料理店排练了下周比赛时要唱的歌。中午吃完午饭后，我一个人坐电车去了八丁味噌的工厂参观。还记得人教版初中日语书里有一学期的第一节课就是“参观味噌工厂”，没想到真的有实现的一天。

八丁味噌是冈崎的特产，之所以起了这个名字是因为工厂距离冈崎城有八丁的距离（丁是古代的距离单位）。八丁味噌属于赤味噌，不同于用米煮制而成的白味噌，赤味噌是用大豆蒸熟的，糖分少而盐分较高。特别是像八丁味噌这种需要储存超过两冬两夏的味噌，更是有着十分独特的苦味和咸味，每天早上在喝松永家的味噌汤时我都得屏住呼吸。

我跟着讲解员参观了整个工厂，结束时还领到了一包味噌。讲解员为我们介绍了八丁味噌的历史和基本的制作方法，但当时的厂房现在已经变成博物馆了，具体的制作工作大多已经实现了机械化。接下来我们又去了储存味噌的仓库，里面又大又暗，到处都是大酱，发酵时有点像酱油的味道，巨大的味噌桶里装着六吨重的味噌，上面用堆成小山形的三吨左右的石块压住，解说员小姐自豪地表示这些石头从来没有因为地震塌下来过。

参观完工厂，买好了下周“心连心”中期研修给大家的礼物后，我就赶忙奔向了下一个目的地。去之前我本来还想再吃点东西，就在门口买了味噌冰激凌。正在舔冰激凌的时候，阴了一上午的天开始飘雪了。周末的午后，街道上寂静无声，只有越来越密的雪花飞在风里。

坐了一站电车之后，我本来想着直接在车站坐公交去，结果看了看也不过两站地，在这里等下一班车还不如走过去快，决定还是自己走了。可等我走到“冈崎多文化共生节”的会馆前时，却发现演出人员都开始收拾东西了。我进去一看，才惊觉活动一共就举办到四点，而现在离四点就差五分钟了。而各国小吃、民族服饰体验的摊位都开始收拾东西准备走人了。我也只能一边责怪自己的粗心，一边买了住在冈崎的中国妈妈们做的葱油饼怀念一下家乡的味道。这个活动应该很有趣吧，如果能早点来就好了。

草草结束了文化节的参观，我又回到了车站。今晚，班长小千邀请我去一个家庭式英语会话教室。小千跟那里的老师说了我的事后，老师特别想见我一面，就拜托小千邀请了我。

这位英语老师的孙女现在也是光之丘的学生，而他年轻时曾经在美国留学过，一直到现在每年都还会去美国过暑假。老师十分健谈，还跟我说他去过很多次中国，在旅行途中结识了许多中国朋友。这种走遍天下、广交朋友的人生让我很是羡慕。我身边为什么会有这么多有留学经历的长辈啊。

今晚一共来了包括我和小千在内的三名学生，除此之外还有老师的儿子和女儿。这间教室的规定是八点半以后不得出现日语，我也就调整成了英语模式。来到日本后，我由于整天使用日语导致英语水平大幅下滑，还因为发音问题不怎么敢开口和麦乐迪她们用英语说话。于是在这里，我终于有机会练习英语了。课堂的氛围很轻松，教材是老师自编的，一上来的内容是快速读英文数字，我很荣幸地获得了倒数第一。不过因为发音很准被老师表扬了。接下来我们做了一个猜词的游戏，不停地问一般疑问句来猜一个名词，非常有趣，有的时候一开始方向错了就越问越偏。语言的第一用途果然还是交流，准确地理解对方的意思并表达自己的意思才是最重要的。

结束的时候已经很晚了，老师的儿子负责开车送我们回去。在之前交谈中得知，老师的儿子竟然是东大的，现在正在读研究生。我一路上都又紧张又激动，结结巴巴地说了好多关于日本留学的感受和自己未来想学的东西，他也特别耐心细致地回答了我好多问题，还给出了一些关于备考和在东京生活的建议。我问他想考东大的契机是什么，没想到他回答说，当初做校内考的题的时候觉得东大的题特别有意思，感觉只有认真思考过的学生才做得出来，而且很简明。他一边做一边想要是能见到出这道题的老师就好了，于是就打算上东大了。果然是学霸的思考方式啊。

告别的时候，他说“要是以后能在东大遇见你就好了”，让我特别感动。“考上东大”这个从我决定要去日本留学时就定下的目标，在这次来到日本后逐渐被赋予了更多意义。在被问起想上哪个大学的时候，我也在一次次相同的回答中感觉着它的重量。我曾经觉得这种比我厉害的人都不敢挑战的目标，我更没有资格把它挂在嘴边；但同时我也清楚，仅仅因为这种原因就闭口不谈，只会让我离它越来越远。我是会从他人的期待中获得动力的人，于是从新的一年的第一天起，我决定至少要有勇气直面它，把它说出来，这样就不得不去努力实现自己曾说过的大话了。只是我没有料到的是，所有人在听了我不知天高地厚的话后，都对我报以了信赖与祝福。我相信这些会在往后的日子，成为支撑我走下去的动力。

2018.02.02

中期研修总结

上个月的29号到本月2号，心连心第十二期留学生从日本各地前往东京进行了为期四天的研修。要说这次中期研究对我有什么意义，那就是让我想起了五个月前刚刚来到日本时的心情吧。那时身边的一切都是新奇的，我也有颗轻盈自在的心，对一切都跃跃欲试。现在我的确更加适应了在这边的生活，也有了很明确的目标，但一些琐事也随之越积越多，搞得现在每天昏昏沉沉的。这种时候能和同届的同学们聚一聚、交流一下彼此的生活，回顾过去、展望未来什么的，也不失为调整自身状态的一种方式。这种调整时间是很有必要的，我在中期研修时产生的想法可能形成于这漫长的五个月之间，但如果不对其加以提炼的话，也就只是一堆飘在潜意识里的白雾罢了。

言归正传，我还是要说说中期研修的事。从东京站出来时，温暖如春的天气真是让我吃了一惊，当然去镰仓那天也冻得够呛。在冈崎饱览乡村风光的我，看到久违了的钢铁森林居然激动不已，也算体会到了《你的名字》中宫水三叶以及每年那些上京的年轻人的感受。

从大家的汇报中，能看出每个人都收获了很多。同学们的经历都给了我很多启发，也向我展示了我不曾体验过的精彩生活，比如休学旅行和妙趣横生的文化祭之类的。此外关于如何解决留学生活中的问题，我也有了更多看待的角度。

当然更重要的一点，就是清楚地意识到了自己在日语方面进步的空间。现在为期一年的留学时间只剩一半，在口语和听力有了大幅进步的同时，我在单词和语法这种应试方面的学习又究竟比来之前好了多少呢？我的计划可是在7月那次考试中与能力考“分手”啊，现在的我能否拿到一个满意的分数呢？更何况我还有更高的目标，怎么能在最基本的能力考上就折戟沉沙呢？

所以从现在开始，我课余时间的重心就要从体验生活转移到学习了。在最后给自己定下半年的目标时，我的第一个目标就是在能力考中取得150分以上的成绩。很多同学提到了要控制手机的使用时间，这个问题我也有，而且很严重，但时间总是需要通过某种方式度过的，对我来说与其限制自己“不要做什么”，不如告诉自己“要去做什么”来得更为有效。所以我给自己设定了一个有一定挑战性但又不至于渺茫到让人失去信心的目标。求其上者得其中，求其中者得其下，说的就是这个道理吧。

另一个值得一提的就是观念的转变了。这个念头是在我和“心连心”的老师面谈时产生的，就是我前文说过的“提炼出来”的想法吧。研修的第一天晚上，老师问大家是否还记得来日本前填的那个问卷里，自己来日本的目的是什么。我记得我的目的一是提高自己的日语水平，二是去体验不同的文化，丰富自己对这个世界的理解——然而，在那时，这些都不过是场面话而已。就像我在9月的日记中写下的那样，我来日本的真正目的，其实是为了逃避在国内时迷茫而看不到出路的生活。冈崎，某种意义上是我给自己找的疗养院。

但在经历了这半年后，我的想法也发生了一些改变。的确，这半年来我积极地参与到身边的活动中，探索各种地方，这些都很好，可说白了都只是我在单方面地感受日本文化，不能称之为“交流”。现在，我已经不满足于仅仅丰富自我了，我想让身边的日本人了解到我的过去与故乡，让这些把他们的祖国介绍给我的人也看看我生长的地方。一般来说，这种心理背后应该都是对祖国的爱与自豪，但对我而言，想要报答这些人的念头更为强烈。我想和他们交流，把我所拥有的知识与经历也分享给他们。只有相互之间提供信息与观点、彼此互惠才能称之为交流。

“心连心”区别于其他自费留学项目的地方就在于，我们有着“交流”的使命。虽然我们现在只能在身边人之间留下细细的纽带，可积年累月，这份小而坚实的心意总能成为桥梁的一部分吧。

我也不是没有怀疑过这种个人层面上的交流的可靠性与可能性，但就像阿南惟茂所长回答我的这个问题时所说的那样，现在中日之间欠缺的就是民间的交流——在国与国、政府与政府之外的，人民与人民之间的交流。再说了，哪怕我的努力真的只能影响我身边的人，那又如何呢？如果日后认识我的日本人再看到针对中国人的偏激言论时，能想到“不是所有中国人都是这样的，至少小青不是”，那么我所做的一切就绝对是有意义的。

2018.02.02

天之涯，地之角

这篇日记来说一点中期研修期间轻松快乐的事吧。

好久没有见到十二期的同学们了。上次在东京研修时间虽短，但大家彼此也都成了朋友；而这次再见后感觉就像不曾分开过一样。大家彼此分享各地带来的特产点心，吐槽学校和住家生活，彼此之间都有那么多共同语言和想说的话，只可惜共处的时间实在是太短暂了。

一开始听说研修中心的娱乐室里有KTV的时候，我其实是不信的。研修的第二天晚上我和几个同学去了一看，没想到真的有，真的就是放在娱乐室里的一台机器和几支话筒……于是我们就这样开心地点起了歌，顺便练了一下过两天日语歌大赛时要唱的歌，在轻松愉快的气氛中唱了两个小时。

其实由自己来说有点不好意思，我是个麦霸，而且还是那种特别爱跟别人合唱的类型。于是两个小时里我自己明明没点几首，却有一半的时间都在唱。从一开始旁边大叔的《北国之春》到同学们点的各种动漫歌曲，我都凑上去跟着唱，真是好久没有唱得这么痛快了。休息的时候听着别人唱，不时把从旁边乒乓球桌上飞过来的球丢回去，真是个开心的晚上。

二月一号的时候我们去了镰仓。我其实并没有看过《灌篮高手》，因而那个道口和小巧的江之岛电车对我来说也就没有那么特殊的意义。参观了镰仓大佛的内部，给同学和住家准备好了礼物，我们又匆匆赶去穿和服。其实比起江之岛，我对鹤冈八幡宫的兴趣更大，只可惜从午后开始就一直在下雨，而且是冷风冷雨。中文里很少说“雨很冷”，一般都是“下雨天很冷”，不过此刻还是日语里“寒冷的冰雨”更能体现我们当时的处境。我穿的是一件缀有蓝白树叶花纹的深色和服，大家都说和我很搭。苹果糖也吃了，我本来很想顺着高高的台阶爬到神社去参拜的，但一路走来浑身都冻僵了，也实在没有日本女性穿着木屐还健步如飞的本领，只能遗憾地跑回去换衣服了。

晚上去了新横滨拉面博物馆，吃了味噌中华拉面。整个博物馆里流动着一股浓浓的昭和后期风情，顺着“过去”的通道下去，就能看见笼罩在昏暗灯光下的街道，故意做旧的建筑物和饱和度极高的怀旧广告招贴画，仿佛真的能把人带回那个蓬勃、充满希望的年代。我在这里买了拉面口味的仙贝当礼物送给同学们，好评如潮。

最后一天早上关东地区下了雪，在飞扬的密雪中，大家就要分开了。我们这些直接从车站出发去坐新干线的人去到酒店门口送别坐大巴去机场的人，大家迎着雪花挥着手，突然旁边的几个男生开始扯着嗓子唱李叔同的《送别》。熟悉的旋律一出，大家都默契地唱了起来：

“长亭外，古道边，芳草碧连天。晚风拂柳笛声残，夕阳山外山。”

在让人睁不开眼睛的风雪之中，大家的歌声也气力滞涩；但不说别人，至少我一开口眼睛就酸了。明明此刻眼前的景致和歌中完全不同，但大家还没相聚几天就又要分散在异国各地，可不就是“天之涯，地之角”吗？白雪从灰暗的天云间落在横滨冰冷的街道上，我们的歌声让行色匆匆的路人侧目，车上的同学们也打开了窗户，我们仍在继续唱：

“天之涯，地之角，知交半零落。一壶浊酒尽余欢，今宵别梦寒。”

大巴车开走了，心里堵着的仍是半个月前送别其他留学生时的感受。我终于明白这首歌为什么能被传唱至今了，因为无论是在这首歌诞生的美国，还是传唱它的日本或中国，无论是在黄昏还是黎明，无论是后会有期还是就此别过，人们总要被迫面对太多的离别；而送别这件事无论何时何地，都是那样冷。只有这一点，无论用多么轻盈的旋律和充满希望的歌词去填补都不会变的。

不过，这首歌人尽皆知的部分只有前半部分，其实后半写得也很好：

“长亭外，古道边，芳草碧连天。问君此去几时来，来时莫徘徊。

“天之涯，地之角，知交半零落。人生难得是欢聚，唯有别离多。”

总之，各位，五个月后再见了。

2018.02.04

外国人日语歌大赛

对这次日语歌大赛的结果，至少我十分不满。一共那么多个奖项，至少随便给我们一个吧！明明都进入决赛了却无奖可领干站在台上好尴尬啊。

就像之前说过的，我和一个在光之丘上二年级的中国学姐一起报名了图书馆Libra举办的日语歌大赛。事情的起因是我在面向冈崎市的外国人的每月通知上偶然看到了这则消息，就和赵学姐组队一起报名了。面向外国人的每月通知以日文、英文、中文和葡萄牙文四种语言写成，每月由日语老师在课上交给我们，内容大多是本月的注意事项以及近期市内即将开展的各种活动，之前的多文化共生节的消息也是在这上面看到的。

言归正传，其实和赵学姐组队并不是偶然。在我刚刚到光之丘时，赵学姐就来找我打过招呼了，后来因为我们都在漫研社，更是常常在社团活动时聊天，周末还曾和来自中国台湾的罗学姐三人一起去唱KTV。学姐家里在Libra附近经营着一家中华料理店，那次唱完KTV后学姐请我们在她家店里吃了赵叔叔做的菜量巨大的豚骨拉面和黄金虾球。而在那之后，每次我错开营业高峰来店里找学姐时，学姐的妈妈都招呼我随便坐，还总问我要不要吃新到的点心，让我都有种别处找不到的自在。

学姐声音非常好听，唱功也是一流，而且因为我们都喜欢动漫的缘故有很多可以一起合唱的曲子，在KTV时更是唱几个小时都唱不够。所以当看到了日语歌大赛的消息时，我第一时间就想到了学姐。

报完名后，我们私下聚在一起练了几遍，平时社团活动时也经常一起对歌词，为了提高表演分，学姐还特意编了舞蹈。就这样终于到了比赛这天。

这次比赛共有十二组，规模并不大，参赛者都是住在冈崎的外国人。我和学姐准备的两首歌是《极乐净土》和《残酷天使的行动纲领》，前者是去年红极一时的网络流行曲，后者是在动漫爱好者中几乎无人不知的名曲。虽然可能对上了年纪的评委们来说有些陌生，但我们觉得既然要唱还是要唱自己喜欢的。在初赛中，我们顺利晋级，还获得了评委的好评。但决赛阶段，不知是不是因为过于紧张而没有发挥好，最终就像我说的那样没有获得奖项。

不过，虽然事后想起来很气人，但已经过去的事再去想它也没什么用了。

比赛结束回到家中之后，松永家一家人还带我去家附近的居酒屋大吃了一顿庆祝我N1合格。我未满二十岁，尚不能喝酒，但各种烤肉和毛豆之类的下酒菜都没少吃。每个周末，松永家一家都要各忙各的事，在得知我要去参加日语歌大赛时，松永妈妈因为我只能自己一个人去而感到抱歉来着。没想到，比赛的时候我竟然在观众席上看到了松永妈妈，原来她特意腾出时间来听了初赛。那个时候我真的是又惊又喜。马上就要和松永家分开了，但那天松永妈妈说家里已经决定等我离开下一个住家后还继续接待我，所以应该再过不久就又可以再见了吧。

2018.02.09

花之道

从学校的花道部指导老师处收到了两张花展的入场券，刚好野本妈妈和黑柳太太也要去，我们就约了时间一起去刈谷看池坊流的花展了。

最近社团活动时比较困扰我的一点就是，我看见花之后虽然有想法，却无法通过尺寸有限的剑山和花朵表现出来，不是左右对称就是前后呼应，总是容易落了窠臼。还有一个问题就是舍不得下狠手，不舍得破坏花本身的形态。

针对我这两点，每次老师的指点都让我收获颇多，简直就像打开了新世界的大门一样。奇形怪状的南天的枝条放在后方做背景喧宾夺主，索性就把它放在最中间；马蹄莲的花形相同并排摆显得重复，就手动让其中一朵弯下腰来呈现出一前一后贴面舞般的站位；散尾葵两大片芭蕉扇似的太臃肿，就从中间剪开变成一对对小叶子点缀在高挑的花间，增加人为修饰过的美感。这种不拘一格的构图法总让我惊叹，如同我插出来的花只是一团无处宣泄的情绪，经老师之手调整过之后就稳稳地落在了纸上。而在处理花时，我每次都缩手缩脚怕剪坏，老师就显然没这个顾虑，咔嚓咔嚓快刀斩乱麻般“辣手摧花”，每次都让我心里一紧。不过既然本身就是要按照自己的想法处理花，那无用的东西留着也没有用吧。此外，老师还教了我不少小窍门，比如说斜着剪郁金香的叶子就不会破坏形状什么的。当初觉得美不分高下的我，现在逐渐开始无话可说了。

当然，光是通过自己一点点摸索还是慢，像花展这样能一口气看到众多名家作品的机会自然不能错过。在古筝的旋律中观赏各具风姿的花朵，累了就就着一小块花形的和果子饮茶，身边来来往往的都是身着朴素和服的老人家和华美振袖的年轻女子，真是非常风雅。

通过这次花展我明白了，要想插得好看，首先得有钱买好看的花和底座。

开玩笑的。

这次花展对我影响最深的是那种在看名家的插花作品时产生的由衷的满足感，因为被固定在水中的花与叶所构成的画面是那样浑然天成，其存在都被定格在了最恰当的瞬间，多一分少一分都会破坏其中的平衡。刚在我把自己的花比喻成落在纸上，其实是不恰当的。事实上，花道、画作这类艺术最妙的一点就是不借助文字这种可以明确表达思想的工具来引发创作者与欣赏者之间的共鸣。作者一定是有其想要表达的东西的，但观者必须安静地忍耐着揣摩，一旦作者说破答案就无趣了，至于去找作者确认则更是毁了其中的乐子。作品是由作者和观者共同完成的，以花道为例，看着不同的花道作品，你可能觉得它华美绚烂、令人情绪高涨；也可能觉得它小巧雅致，惹人细细爱抚；还可能莫名地从它纹丝不乱的姿态和高雅的色泽中感到它的矜持与骄傲。可这一切都是不可言传的，一旦用文字表现出来，飘逸而无拘无束的情感就被锁死了。所以我写这些也不过是笨拙地白描我当时的所思所感而已，插花赏花时真正的乐趣是写不出来的。

在和野本妈妈一起看展时，还遇上了花道老师，一起在老师的花前合了影。我看了一下老师的花道段位，这才知道原来我每周的作品得到的都是如此厉害的花道师的指点。

看完展之后，我久违地和野本妈妈、黑柳太太聊了会儿天。我讲了讲我这段时间的见闻，也把我中期研修时想到的关于“交流”的困扰尽数说出。而野本妈妈给出的解决方案，就是邀请我去冈田茶道老师处学习茶道，看来接下来又要忙起来了。

2018.02.09

蓝色的圣火

差点忘了，9号还有平昌冬奥会的开幕式。我一直以为今年冬奥会在下半年的冬天来着，结果洗完澡一出来就在客厅里的电视上看见了各国运动员入场的画面。

北京奥运会、伦敦奥运会时我还太小，巴西奥运会和索契冬奥会时我对国际社会尚缺乏兴趣，所以这大概是我第一次认认真真地看奥运会，可能也有我现在人在异乡的缘故吧。平昌之后是东京，东京之后是北京，近几年的奥运会都集中在东亚国家啊。

本次开幕式的入场顺序是根据韩文的字母顺序来的，所以我赶上了中国队的出场。看到五星红旗在镜头前飘舞，我竟不由得激动得像个孩子似的拍手鼓掌。当然本次开幕式最令人瞩目的还是朝鲜南北共同代表团，当画着整个蓝色半岛的统一旗帜和代表团名称“KOREAN”出现在画面中时，相信全世界都会为之感慨吧。

最后圣火终于点燃，会场中的人们欢庆着奥运会的开幕。我个人除了花滑以外并没有特别想看的比赛，就祝全世界的选手们稳定发挥、获得佳绩吧。

2018.02.14

情人节

好不容易能体验一把日本的情人节了，从13号开始我就一直在向各位老师和同学确认光之丘有没有送礼的习俗，能不能把巧克力带来学校之类的事。毕竟合唱团和舞蹈队去了比较远的城市比赛回来时都会给班上同学带当地的点心，我自己中期研修之后也给同学们带过礼物。得到较为肯定的答复后，我就放心大胆地去商场买巧克力了。因为没法在家做巧克力，就只好去商场买现成的了。

将情人节和巧克力捆绑起来不过是单纯的促销手段罢了，几十年前可没有这种习俗——日语课上，日语老师在听了我给同学们送礼物的想法后不置可否地说。我则觉得难得能体验一回以前只能在漫画中看到的情人节，不好好享受一下就太可惜了。不过，等到了琳琅满目的柜台前，我还是发觉自己的想法太单纯了。全班近四十人，再加上老师，一共得准备五十份礼物。首先不存在这么大包装的巧克力，其次如果全买巧克力的话我的预算也不允许。不得已之下，我只好买了我能找到的性价比最合适的饼干——所幸饼干的包装非常可爱，味道也都很好。

14号早晨，我就这样拎着一大袋饼干去了学校。到校门口的时候还担心了一下会不会被教导主任拦下来，不过一路上看到不少同学也都拎着大包小包的点心，不由得放心了不少。中午吃过午饭后，我就开始和同学们交换点心——在给大家发饼干的同时，我也收到了许多同学们亲手做的饼干和小蛋糕，全部用可爱的袋子和丝带包裹着，有很多我忍不住当场就吃掉了。

但这样和单纯的下午茶分享点心有什么区别啊。

2018.02.15

憩鸟庵与安静的除夕夜

专为留学生开设的日本文化课每周有三节，内容分别是学穿浴衣、茶道练习与和纸工艺。从一开始完全记不起来烹茶的顺序，每次都需要老师的提醒，到现在只要坐到茶具的面前就能自然而然地上手开始，我还是进步了不少。然而不管怎么说，我们所学的都是最简单的流程。恐怕老师看在我们是留学生的份上，没有过度拘泥于细节。能让来到光之丘的留学生体验到最基础的茶道与和纸工艺，学会浴衣的穿法，应该就是日本文化课的目标了。

然而在冈田老师的憩鸟庵，一切都不一样了。在冈田老师看来，我是要在几个月后独自在茶会上为客人们奉茶的人，绝对不能以半吊子的姿态示人。所以已经学习了五个月茶道，自以为已经算是个入门选手的我，在跨进茶室的一瞬间就被冈田老师当头棒喝：

“走路姿势不对，重来。”之前一直像个小女孩一样满脸笑容、充满活力的冈田老师突然严肃的样子把我吓得不轻，只好在黑柳太太的帮助下重来：进门时先迈左脚，前进时不能抬腿迈步而是要擦着地前进，而且不能踩线。好不容易战战兢兢地跪坐到了茶具之前，却还只是一切的开始。连走路都有如此多的问题，可想而知我接下来会经历什么。明明同样流派做同样的茶，使用的茶具与摆放的位置却有所不同，我直接愣在了原地。“在学校学的不是玉露茶吗？”冈田老师严厉的声音从一旁传来，我无言以对。

于是接下来，我像一个完全没有接触过茶道的初学者一样，在冈田老师耐心的指导下，总算是成功泡出了和在学校时别无二致的玉露茶。长时间的跪坐让我一时间站不起身，好在接下来就可以去客厅坐在椅子上喝茶了。这时的冈田老师又变回了之前慈祥的样子，向我介绍说今天的茶点是以今年皇家歌会始的题目“语”为主题的点心。这次的点心一层叠一层像小蛋糕似的，颜色也缤纷好看，只是我一边吃一边想不出这和“语”有什么关系。

稍事休息后，我便回去了。二月的夜晚还是很冷的，但每天穿着光之丘制服和长筒袜到处跑来跑去的我，不知何时已经适应了这种温度。走在路上，我莫名地想到现在国内应该正是全家齐聚一堂、一起吃着热乎的年夜饭的时候吧。不知出于怎样的心理，今天一天我都没有怎么和别人说这件事。我不想听见大家问我“是不是想家了”，所以只是在吃完晚饭后一个人戴上耳机看起了春晚的直播。家里十分安静，直播的评论区里世界各地的华人华侨则聊得十分热闹。我没有坚持到最后就去睡了，毕竟明天还要上学。从小到大看了十五年的春晚，不曾想有朝一日自己会听不到《难忘今宵》。

2018.02.16

鲜花、歌声与毕业典礼

经历了多次全校彩排后，终于迎来了正式的毕业典礼。光之丘的毕业典礼不只是高三一个年级的事，还需要全校的参与。最近的音乐课上学习了日本毕业典礼上的传统骊歌《仰望师恩》，还在没有中央供暖的礼堂里练习了无数遍起立和鞠躬直到教导主任觉得过关。我的座位排在全班最后，能感觉到风从身后呼呼刮过，而后面暖炉的热气又完全传不到这里，十分煎熬。

除了参加全校彩排外，我也作为花道社的社员参与到了毕业典礼的准备之中。日本有在庆祝活动时摆放插花作品的习俗，而这次圣母像和前台接待处都需要摆花。为了能够长时间保存，这次插花所使用的不再是剑山和清水，而是花泥。此外花盆也与社团活动时用的不同。平时社团活动的插花只是自娱自乐，这次终于可以利用这段时间学到的技巧完成任务了。为此我还有点紧张，因为花朵的数量是有限的，万一剪坏了就难办了。在用粉色的郁金香、非洲菊、金鱼草和豌豆花完成我的作品之后，我请老师来检查，结果老师上来一剪子就把我自认为处理得很好看的郁金香剪短了一半，告诉我这盆到时候要放在前台的签到处，比起从正面看的效果要更加注重俯视图的观感。我心痛不已，心道要是太高了会杵到人就直说嘛。

经过一系列准备之后，毕业典礼总算是正式开始了。在只有主席台上亮着灯的大礼堂之中，三年级的学姐们依次被叫到名字，依次高声答到后走上主席台，从校长手中接过毕业证并鞠躬。当全员领到毕业证后，全校起立，齐声唱起了《仰望师恩》。以古语写成的歌词与颇有年代感的旋律在昏暗的礼堂中回荡，渲染出非常日式的离别之情。这首歌从诞生的明治时代起就是日本传统的毕业歌，虽然近年来换用其他更加现代的歌曲做毕业歌的学校越来越多了，但光之丘还保持着这一传统。

一曲完毕，飘摇的烛光从学姐们手中的蜡烛上亮起，照亮了礼堂的中央。在管乐团演奏的雄壮的《回忆》的旋律中，学姐们手持蜡烛，顺着礼堂中央的通道从礼堂走进了门外的一片白光之中，象征着迎接光明的未来。我们站在通道两旁拼命地鼓掌，不时有人从同一社团的前辈处获得了花。看着学姐们一边笑一边抹眼泪，我心里也非常感慨。这就是毕业啊。

2018.02.28

需要骑车上学的新住家

本月18号开始，我离开松永家，住进了冈崎市内的平野家。平野家到学校的直线距离比起松永家近了不少，但由于附近没有车站反而没法直接坐车了。平野姐姐每天都是骑自行车上学，然而问题就出在这里：我不会骑自行车。

比起绕路去车站再换乘或是走路爬坡上学，绝对还是自行车更方便。于是我从学校借了一辆自行车，开始了每天放学后的练车生活——在我学会之前的几天，每天早上都要麻烦平野妈妈开车送我上学。

最初的几天，每天放学回到家把书包放下，姐姐便带着我从平野家出发，在附近平坦的路上一前一后地骑车。等到第二周我可以很平稳地上下、刹车并跟上姐姐的速度之后，我们便去实际骑了一遍上学路。这一路上不乏只有一人宽的人行道与大大小小的坡道，学校背后更是有一个十分费劲的大坡。毕竟这里是“冈崎”嘛，听名字就知道是山很多的地方，据说古代还是石料产地。

然后，在练习了一周半之后，终于在今天成功从家到学校骑了一个往返！这辈子第一次成功骑车，太开心啦。同样的景色，骑车和走路时看到的完全不同。骑在车上时，人和街景之间会隔着一段微妙的距离，在看路的同时刚好可以看景。所有步行时只能以同样的速度走过的地方，骑车时可以依照自己的心情自由调节速度，既可以像快进一样飞快地掠过，也可以悠闲地缓缓驶过，浮光掠影之间像是穿行在电影镜头中一样，迎面还有乍暖还寒的风与缓缓下沉的夕阳。这一路上坡道很多，但此时的上坡就是彼时的下坡，努力推着车爬上去之后就可以享受一段畅快的下坡路了。尤其是学校后面那个有点陡的大坡，甚至可以几十米都不踩车轮一路滑到坡下的十字路口处，仿佛要是能再远一点就能起飞了。

从今以后就可以和姐姐一起骑车上学啦。

再说说住家的事吧。我本来指望这几天多写写日记来着，谁知平野姐姐每天晚上都邀请我玩各种卡牌桌游以及电子游戏，从拼字游戏到抽鬼牌，从“马里奥系列”到《太鼓达人》，这对于没有接触过手柄游戏的我来说是极其难以拒绝的诱惑——怎么能这么好玩呢！

2018.03.03

和女性们一起度过的女儿节

三月三日是女儿节，可惜平野家并没有什么庆祝活动，只摆了一对米老鼠的人偶。平野妈妈说要是半夜人偶活过来了就太可怕了，我反问那米老鼠就不可怕了吗，妈妈想了想：“米奇的话反而活过来的话会比较可爱呢。”

因此，我的女儿节就在图书馆Libra度过了。上次参加日语歌大赛的时候看到了女儿节活动的海报，于是这次一早就来了。

海报上说十一点开始，我预留了足够的时间，提前就进去了。图书馆三层的茶室装点得非常有女儿节的温暖气息，这种气息不仅体现在被晒得很暖和的榻榻米、高高地摆了好几层的豪华人偶与窗边缤纷的折纸上，也体现在四处忙碌的年轻志愿者、身着和服的茶道老师、古筝老师与带着孩子的母亲们身上。3月3日女儿节的别名是桃花节，之前花道社活动时，老师也说粉嫩的桃花是女孩子的象征。

进了门之后由于时间还太早，我就先开始折纸了。比平时和纸工艺课上的人偶来得简单得多，大概是考虑到来的多是小孩子和外国人而不方便弄得太复杂吧。尽管如此，做出来的效果却非常好，我抱着它回去的路上先后被志愿者爷爷和等车的老奶奶以“女儿节人偶好可爱啊”为由搭话了两次。

值得一提的是，当时在公交站和老奶奶聊天时，老奶奶得知我是光之丘的学生后说道：“光之丘是不是对英语要求很高来着？不过以后只有英语可不够用哦，往后是中文的时代啦。”我笑了：“那就更好了，因为我就是中国人呀。”

折纸很快就做完了，抹茶的准备也已就绪，我坐在一对中国母女身边，想到自己好歹学过半年的茶道了，就身先士卒地按照记忆中喝抹茶时的规矩，先吃点心再饮茶，没想到刚把茶碗放下就看见这里的茶道老师目光灼灼地盯着我：“如果是作为学习的话，喝茶的姿势不对，先用右手拿碗，再放在左手上转两圈，不能两只手一起；喝完后用大拇指擦掉痕迹，转两次，让茶碗正面朝外。”我赶忙照做，老师又说：“对年轻人来说正坐的确困难了点，但姿态一定要优雅，背一定要挺直——嗯，就是这样。你是第一次做茶道吗？”

我只能如实回答其实学过，还由于在专家面前暴露了自己不纯熟的技艺而十分不好意思，忙不迭地道起歉来。老师也说没关系，如果只是喝茶的话的确不需要这么多规矩，但如果是以学习者的心态就要严肃对待——这还真是所有的茶道老师共同的特点。

接下来喝了美味的红小豆年糕汤，和中国来的母女俩聊了聊天，古筝老师也来了。我其实是想听了筝曲演奏就走的，没想到老师非常热情地招呼我们也来试着弹弹。刚刚为我端来了年糕汤的志愿者小姐姐教了我如何戴假指甲并简单地介绍了一下十三弦所对应的数字与最后三项“斗”“为”“巾”。这位志愿者就是当时日语歌大赛时采访我的小姐姐，她居然还记得我，好高兴。接下来，我看着写满了数字的谱子，在她的提醒和帮助下，一边念着数字一边断断续续地弹出了那首古老、基础又著名的童谣《樱花樱花》。这首曲子用古筝弹来非常清幽凄婉，描绘的仿佛不是歌词中漫山遍野繁花盛开的壮美景致，反而是无人小径旁落花随流水而去的样子。

刚才认识的小姑娘要我陪她折纸，我们就又去请负责教折纸的志愿者教了我们如何叠千纸鹤。人逐渐多了起来，我也差不多该走了。出门的时候，一位志愿者爷爷叫住了我，从我手上的人偶一直聊到冈崎城下有名的樱花，再到四月初的家康队列游行——Libra会在那时组织“多文化共生推进队”参加。我刚说我报了名但不知道还有没有名额，低头就看到手机上出现了通知我报名成功的邮件。爷爷说负责的就是这间屋子里的原班人马，看来不用多久就又能和大家再见了呢。

回去的路上风和日丽，骑着自行车下坡时暖风拂面，已经有了早春之意。

然后我回去就感冒了，希望不是流感。

晚饭是女儿节的传统食物散寿司和外面裹着大米的团子。据说在女儿节的时候吃裹着大米的团子是冈崎一带的习俗。不知道是不是因为感冒了，感觉散寿司和团子吃起来味道都和往日不同。

所幸并不是流感，而且我第二天就好得差不多了。

2018.03.15

小青的中文讲座

我一直有个梦想，就是给外国人教中文。虽然大大小小的梦想在这几年中换了一个又一个，但教中文这个梦想一直保留到了现在，而且我对教书也越来越有瘾。来到日本后，拜各位好奇心旺盛的同学所赐，我得以利用课余时间给大家讲讲大家的名字的发音或是简单的交际用语，只是没想到真的站在讲台上教大家中文这个梦想竟然能实现得这么快。

光之丘的国际教养科在高一的暑假有三条海外研修旅行线路，分别是澳大利亚、加拿大和中国，可惜的是我到那个时候没法跟大家一起参加。班主任老师知道我一直在给班里的同学们开中文小课堂，特意拜托我在考试结束后给准备去中国台湾的同学们做一个讲座，教大家一点简单的对话。

这简直是我梦寐以求或者说做梦都不敢想的好事，自然一口就答应下来。虽然一开始的设想是和平时差不多就好，但这次毕竟不是像闲聊一样在课间跟三五个熟悉的同学随便说说，而是要面对国际教养科三个班里选择了中国台湾线路的近四十名同学站在讲台上讲一个小时，还是需要精心准备一下的。

我一开始打算把内容设计成简单的“你好”“再见”“谢谢”“对不起”“早上好”一类最常用的交际用语，考虑到大家到了之后有和中国台湾姊妹校的同学交流的环节，就又加入了简单的自我介绍，包括自己的名字、国籍和年龄等。我本来还打算讲讲“真好吃”“真好看”这类可以使对话更有趣味性的词语（想象一下一群日本高中生吃完小笼包后，齐声对玻璃后面正在包包子的师傅说“谢谢，真好吃”的场景，该多么有趣啊），但因为时间关系只能作罢。

脑子里有了一个大概的框架之后，我就开始拖拖拉拉地准备讲义。为了让大家带到中国台湾也能用，还特意用了繁体字并请罗学姐检查了一遍。一直对注音式外语学习法深恶痛绝的我，最终还是决定使用读音相似的日语假名来注音。至于为何不用汉语拼音，则是因为考虑到虽然汉语拼音用的是英文字母，但如果没有经过系统的学习，大家也读不出来一些日语里没有的音，只得退而求其次。

拼音是没办法了，至少让大家亲身体验一下中文的特色“声调”吧。我实在不想让大家用电视上中华料理广告里的口气说话呀。

讲义做好之后，我又私下请同学按照我的注音方式读了几遍，在此基础上又进行了几次改进。需要讲的内容都确定下来了，剩下的就是如何把这些内容讲得生动有趣、易于理解了。

我始终坚信“车到山前必有路”，所以前一天晚上才开始着手考虑。当晚八点，我请平野姐姐做我的首位学员听我从头到尾讲一遍，并帮我检查有哪些不好理解的地方。姐姐也一口答应下来。

没想到真正开口之后，之前在准备讲义时模糊的想法都变成了清晰的话语，而且还不断有源源不断的新点子冒出来。姐姐的反馈也好到出乎我的意料，不但尽数理解了我说的话，还用近乎完美的发音让心理预期过低的我有点不好意思。她帮我把解说词改成了更地道的语言，还给了我许多建设性意见，比如一开始先讲清楚讲座的内容构成，事先列出日语中没有的声母、韵母等等。我们还为“日本人”的“日”这个对日本人来说尤为困难的发音而笑作一团。

一晚上的彩排让我相信第二天的讲座绝不会差到哪里去。最后整理、确认了讲座的流程之后，我为了第二天能精神饱满而早早睡下，第二天早晨洗澡出门，骑着车一路飞奔，差点就留下了本学期第一次的迟到记录。

研修旅行的说明会之后，终于轮到我的讲座了。一旁的老师要大家像正式上课一样对我起立问好，于是我就这样第一次站在讲台后方，接受了一教室的同学整齐的“老师好”并回以同样的鞠躬，心里默默说了一句“接下来要认真对待了”。

讲座正式开始。都说第一印象非常重要，所以我特意用了非常谦虚严谨的开场白：“大家好，很高兴能给大家做中文讲座，但我并没有真正学过语言学，接下来要讲的也都不过是我身为母语者的一些看法。因为我自身的局限性，所以可能有不好理解或是错的地方，如果大家以后发现‘啊，这个小青说得不一样’的话，大概就是我错了吧。以及，如果这一个小时里的内容能对大家的中国台湾之行有所帮助的话，我会感到非常荣幸。”

台下一片沉默，我把它当成大家都听进去了的意思，于是便看着今早写好的流程图，从课程安排开始说起，接着引入了我认为汉语口语中最难的两点：拼音和声调。首先是拼音。我把前文中提到过的概念讲了一遍，并以我名字的日语读音和中文读音为例，向大家示范了即使是日语汉字的音读读法（模仿汉字在汉语中的读音而创造的读音）和现代汉语还是有区别的。我怕大家一上来就被绕晕，特地好几次停下来确认大家是否跟上了，没想到台下同学们都一脸了然地看着我。是我太低估大家了，不过这是个好的开始，我鼓起勇气，进入了声调部分的讲解。

“说到中文，大家很容易想到的特征便是有四种声调。的确如此，日语里是没有声调的，表示音调的转折需要标注数字，但中文不同。可以这样来看，我名字里的‘青’的拼音是Qing，是一声，但如果变成二声，就可以写作‘晴天’的‘晴’或者‘感情’的‘情’；三声则是‘请’，相当于英语的Please；四声则可以表示‘庆应’的‘庆’。每个声调都有许多个汉字与它对应，而一个汉字也可能有不同的读音，这一点和日语是一样的。”看大家一副点点头懂了的样子，我无比感激当初把汉字引入日语的古人们，没有他们的努力我也不会讲得如此顺利。

“四种声调的存在对于学习中文的外国人来说可能会比较困难，因为在我开始学日语的时候，老师就告诉我，日语发音的要义就是不能嘴张太大，要尽量让整个句子维持同一个口型、一边口齿清晰地讲话还能一边微笑才是最正确的发音方式——中文则不同。在学习英语的同时，各位可能也意识到了，日语的发音比较少，这对于像我这种学习日语的外国人来说非常友善，但反之也意味着各位如果想要掌握一门外语，则需要付出更多的努力。就拿中文来说，中文里相似的发音很多，还有声调的存在，如，果，不，张，大，嘴，把，每，个，音，都，发，得，很，清，楚，就，容，易，造，成，误，会——”我故意用四平八稳、咬字清晰的中式腔调强调道，惹得台下一阵笑声。其实汉语口语里的吞音也不少见，但初学者还是一个字一个字说清楚比较好吧。我继续道：“所以接下来大家模仿我发音的时候，也请大家把嘴张得比自己想象中更大一点。为了让大家更好理解声调，请拿出尺子。”我卖了个关子，这是我昨晚在给姐姐解释时灵光一现想到的。等大家都握了一把尺子在手里后，我继续道：“好的，请把这支尺子想象成一把武士刀，按照拼音这条线的走势挥舞，想象自己是在挥一把刀，并学习我的发音：ā á ǎ à。”

“ā á ǎ à。”台下传来了整齐划一的美妙声音，简直像我声音的回音一般，清脆而地道，和正在学拼音的中国小学生没什么两样。

“非常棒，各位，棒到我都觉得不需要我讲了。接下来我们就用这种方法来读我们今天的内容，请看第一部分，问候语。”

后面的内容就这样有条不紊地进行着，我念一遍，大家跟着重复一遍，和英语课上读单词一样。大家的表现真的很棒，我没几分钟就要夸一遍大家做得真好，甚至我自己都觉得有点太过殷勤。在遇到日语中没有的发音时，我会特别说说，比如“今年”的“年”有点像日语里小猫的喵喵叫声，“十六岁”的“十”像是提醒别人保持安静的嘘声，“日本人”的“日”要把舌头卷起来什么的。课间休息时间到了，又是一波鞠躬礼。课间还有很多同学来问我名字的读音，之前我一直觉得大家知道个大概就好，但今天突然多了一份要认真对待的责任感，连拼音带假名地尽量还原中文的读音，连声调都注上了。当然，大家的认真程度才是最让我开心的。

第二节课上，我让大家稍微加快速度练习了一下自我介绍，还请同学跟我互动模拟中文的对话，当然对听不懂中文的各位来说是不可能对答如流的，所以我每用中文问一句紧接着就立刻用日语翻译一遍。当初没有教大家“多少钱”就是出于这个考虑，如果真的用中文问了店家肯定会用中文回答，那可就更复杂了。时间过得飞快，留给最后的问答环节的时间只剩了十分钟。回答完大家的问题之后，我想了想，自己补充了一点昨晚没有想到的内容作为结束语。

“不知道大家有没有很在意一件事，就是‘你好’‘早上好’‘晚上好’这些语句里都有‘好’这个字。这个‘好’是‘优秀、不错’的意思，至于为什么放在问候语里，我觉得应该是因为这些问候都是一个长句的省略形式，比如说‘你好吗？’‘早上过得怎么样，过得好吗？’这样的感觉。日语里的‘你好’原本也是‘今天过得如何’的意思，和中文里的是一样的。”

现在想来，那时我要是顺水推舟地祝大家“好好玩”就可以结束讲座了，但在那个时候，我突然觉得有些话不说不行，因此不顾有些僵的气氛自顾自地继续了下去：“虽然只有短短一个小时，还是感谢大家认真地学习与聆听。如果这个讲座能让大家有所收获，或者更进一步，以此为契机对中文产生兴趣、开始学习中文的话，那我真的会非常欣慰吧。谢谢大家，祝大家旅途愉快。”

大家再次鞠躬，互相道谢，短暂的中文讲座就结束了。我从讲台上跳了下来，回到了同学之中。

2018.03.17

和平野家共度的最后一天，长岛游乐园

前一天晚上平野妈妈问我：“如果明天没有安排的话，要不要去长岛游乐园？”我又惊又喜地满口答应，连要玩什么项目都查好了才发现第二天有图书馆的读书会。我为此简直郁闷了一个晚上，结果住家姐姐和妈妈算了一下，决定等一点半读书会结束后再去，于是17号的上午再次变得明亮了起来。

长岛游乐园真的就是个字面意义上的游乐园，基本上将过山车、大转盘、海盗船、跳楼机之类人们所能想到的应该在游乐园里出现的项目都硬塞了进去，然后把它们的恐怖要素排列组合一下再做了几个新的游乐设施出来，最后为了意思一下又加了个摩天轮和旋转木马。整个游乐园并不大，一眼看过去能看到好几个过山车的不同颜色的轨道扭曲着重叠在一起，对我这种会为了体验童话世界

而去迪士尼的人士来说十分不友好，我还在进门的时候就已经被高耸入云的红色轨道吓得不轻。但姐姐显然经常来，最恐怖的也坐过不知道多少次了，还很贴心地建议我从最温和的开始。由于妈妈属于什么都不敢坐的那种人，所以把我们送到门口就去旁边的商场了。

下午场的通票入园时间是三点，人还很少。我第一个挑战项目是一个排十分钟玩四十秒的简易跳楼机，非常轻松，姐姐还一直很认真地表示“如果这个很轻松的话其他的就都没问题”。才没这回事。于是接下来我们又去和一群小学生一起坐了矿山车，我㞞得全程抓紧了安全带，看着前面整辆车的人纵情挥舞双手。

姐姐虽然一点不怕过山车，但却有些恐高。用她的话说就是，“过山车一下子就下去了，但飞椅会一直在上面转来转去所以不行”。尽管如此，姐姐还是陪我坐了飞椅。那天风很大，大张着嘴尖叫的时候风一个劲地往嘴里灌，吹得人眼泪都出来了，不过除此之外也没有特别恐怖，没想到下来之后姐姐看我的眼神都不一样了。为了给接下来的大转盘做准备，我们先去坐了另一个大转盘——全区最高的摩天轮。

在摩天轮上，我们又是自拍又是看景，还跟前一个轿厢非常有活力的小男孩们挥手打招呼，对着波光粼粼的伊势湾发表了一番赞叹，突然后知后觉地问了一句：“这儿不是爱知啊？”姐姐也很茫然地回复说：“是三重啊。”

准确来说，长岛游乐园位于爱知和三重的交接地带。

玩完摩天轮之后我们本来打算去吃园区内有名的热狗，但看了上一波在大转盘上来回翻滚的游客们之后，还是决定玩完了再去吃。一开始本来说的是我一个人上去，但姐姐最后还是决定陪我。设施还没启动我手就已经湿得抓不住保护杆了，姐姐见状就和我定下了三条目标，一是在转的过程中睁开眼睛，二是来回摆摆腿，三是松开手。刚刚开始时我闭紧了眼睛疯狂大叫，但也只有在缓缓下坠的时候有种失重感，别的都还好。于是我睁开眼睛，就看见地面从很远的地方朝我扑来，随即我们又立刻爬升到了最高点，满眼只能看到天空和太阳；紧接着又是下坠，游乐场的光景从两侧掠过。我想起刚定的目标，赶忙象征性地动了动腿，但手一直紧紧抓住皮制保护杆没有放开。真的睁开眼睛后就能很快发觉它的好玩之处了，被甩进空中又拽回来，一来一回真的很刺激，而且无论怎么说，再可怕也就是那一分多钟。没过多久摆动就平息了下来，我们一点一点地停稳在地。

坐完了这个之后我整个人都激动起来了，以前我从来没敢坐过类似的项目，现在真的坐过后又觉得不过如此。于是我从园内最高的飞椅上下来之后，我们趁热打铁奔向了此行的终点，另一个过山车。去的路上姐姐一直在给我打气，说什么“心情好的时候我能一下来就继续去排队玩个好几遍”，但其实我已经跃跃欲试，完全不会打退堂鼓了。保险起见，我还是问了一句：“它有没有什么比如说头朝下的地方？”刚刚还一副对它了如指掌的样子的姐姐突然开始犯迷糊："啊，这个啊，有没有来着？好像没有吧。"结果正说着，过山车就在我们眼前来了个华丽的360度回转。"哎呀，暴露啦。"姐姐笑着说道。

这个过山车据说旺季时要等几个小时才能坐一次，但这次我们排了二十分钟就到了。在降下保护杆时，下面的保护杠也会同时环住脚腕，最后所有座椅向前一倒变成俯卧的姿势，过山车就出发了。后面的事我基本不太记得了，因为速度太快变化太猛，就像是蝙蝠在飞一样，特别自在舒畅；而且保险杠很紧，靠在靠背上有很强的安心感。只能听见姐姐在旁边叫我："小青，喷泉来了！"我一睁眼，水花刚好从我们面前飞过，溅了后方的人一身。就像姐姐说的，一下就结束了。

下来之后终于想起来要去吃热狗，没想到这个时候已经卖完了。作为补偿我们一人来了一个大鸡腿，看着后面的人在刚刚的青绿色轨道上飞来飞去。这个时候我正在兴头上，甚至说要不要去坐那个最高最吓人、在建成时打破了多项世界纪录的钢铁巨龙2000，结果刚好听到园内广播说今天这个项目已经停止排队了，搞得我还有些遗憾。在来的时候我对它只敢远观，想都不敢想，好不容易鼓起勇气却已经没机会了。不过挑战了这么多我以前从不敢坐的项目对我来说已经是一大突破了，还是要赞美一下自己！最后的一个小时里，我们又坐了两人的卡丁车，为了满足我的少女心上气不接下气地跑去坐了旋转木马，最后把闭园前的两分钟花在了儿童乐园的小升降气球上。

在来之前，我从没想过在这样一个主打过山车的游乐园里能留下什么美好回忆，但现在看来，这一个下午留给我的全是美好的回忆：共同的尖叫、大笑和肾上腺素的飙升，以及诸多人生中的第一次。这一天过得过于开心，以至于我都快忘记这是我在平野家的最后一天了——我大概真的不会忘记这样一场告别吧。

晚上我们一起吃了自助火锅，一不小心又吃多了。

2018.03.19

一年H班

今天是第三学期的结业式，春假结束后我们就要升入高二了。同时，因为到了高二又会重新分班，所以这个学期的结束也意味着一年H班的终结。再加上有些同学下学期会去国外的姊妹校进行为期一年的留学，今天的放学时和平时别无二致的道别可能就是我和班上许多同学最后的告别了。

这段时间我也一直在为这一天准备着。我从上周起就在陆陆续续地请同学们为我写临别赠言，到现在本子上已经留下了每个人的字迹，一个人都不少。和我有许多交集的同学自然写得满满的，令我惊讶的是，很多座位离得比较远或是没有什么机会交流的同学也写了许多话给我。很多我自己都忘记的东西，像是课上一句不经意的回答或是扫除时一次无意的帮忙，一起打过的羽毛球比赛和偶然的闲聊，原来都还有人记得。大家在本子上留下各种可爱的图案与字迹，回忆这半年来的点点滴滴，感谢我告诉她们那么多关于中国的事。其中，最令我高兴的是，有许多人说因为我的到来而对中国产生了兴趣，因为我的存在而对中国有了好感，也有不少同学表示下学期会开始学习中文，一直积极地跟我学中文的小纪甚至表达了以后到了大学也想继续学习中国相关内容的想法。老师也说过，我还成了班上一些同学的学年论文的主人公。

“我说不定影响了有的同学的一生。”这个念头伴随着油然而生的喜悦出现，留下的却只有些许惶恐与挥之不去的难过。这就是我想要的“交流”吧。然而，提前达成目标的感觉并不如想象中那么好。现在翻开这个本子重新读大家写给我的话的时候，明明才刚刚分开，明明还能再见，明明还有小半年的时间可以一起度过，但我心里却难过到近乎读不下去。此前一直以为只有我这个即将回国的留学生比较在意这个特殊的时间点，结果今天和大家合照，从大家手中领到各种亲手做的糖果、饼干和贺卡时才发现，每个人都或多或少抱有类似的感情。毕竟现在还不知道下学期的分班情况，很多人从此以后可能就很难像以前一样每天见得了面、说得上话了。

之前在修学旅行说明会上资料传到后排不够了，我就把我的那份给了后面的同学，说反正到那个时候我也已经回国了。没想到旁边几个听到了我这句话的同学都惊讶地回过头来，每个人脸上都是难以置信的神色。她们这副表情搞得我也有点难过，只能故作轻松地笑着反问，这难道不是一开始就跟大家说过的吗，结果小七的回答差点让我真的哭出来。

她说，小青就像是那天老师一招手就走了进来，而且从今往后会也和大家一起去修学旅行、一起毕业一样。

这么久以来，可能大家的确因为我留学生的身份而对我格外关注、多加照顾，但某种意义上，我又觉得这和国籍也没有那么大的关系。说到底，或许我并不是因为完成了公派留学生的使命而自豪，我只是单纯地因为遇到了一群对我很好的人而高兴而已。

话又说回来，一年H班真的是一个各种意义上都非常好的集体。近四十位性格各异的同学彼此之间总能相互包容、相互鼓励，在充满干劲的班长小千和小井的带领下，无论什么时候全班都是一条心。而且面对不同的舞台，每个人的长处也都有施展的空间。我甚至不期待高二的班级会比现在更好——因为我想象不出比一年H班更好的班集体会是什么样子。不管怎么说，我在光之丘的高一生活就这样结束了。

上周的扫除时间一直在为新生入学做准备，想来这间见证了我从初来乍到到现在完全融入了这里的教室，也会迎来新的同学吧。而到了那个时候，就终于会有人叫我学姐了。

2018.03.23

和罗学姐一家在丰桥动植物园

春假开始，我告别平野家，暂时搬回了宿舍。突然回到一个人的生活我还有点不适应，但听说春假后我又要换住家了，接下来的住家园田家的女儿小悠和我是同班同学，经常来找我学中文，下学期还报了中文选修课。虽然这样一来就更不知道什么时候能回到一开始的松永家了，但我还是对能和小悠一起上学的生活充满了期待。

在之前的日记里也说过，现在在光之丘的留学生中有两个来自中国台湾姊妹校的同学。拜她们所赐，我每天都能说上几句母语，不会因为太久不开口而不会说中文。

春假期间，罗学姐的父母来日本看望她，还邀请我一起去隔壁丰桥市的动物园玩。这个邀请简直太及时了，因为当时的我正沉溺于放假之初的倦怠中，对一切都提不起兴趣；恰逢连日阴雨难以外出，心情更是晦暗，如果不是需要洗澡、吃饭恨不得二十四小时都缩在被窝里。好在这一天是个大晴天，风极强而万里无云，正适合外出。几天来重复着晚睡晚起的不规律作息的我，也因为和人有约而一大早就出了门，搭上了去往丰桥的电车。丰桥和名古屋正好位于两个相反方向，早晨通勤的上班族很少，感觉车上都是和我一样要去春游踏青的人。

对于已经搭了好几次新干线的我来说，丰桥站已经不再陌生了。准时到达后和罗学姐家碰头，坐着不能刷卡的公交车来到了离动物园最近的二川站。前往动物园的一路上都有可爱的动物石雕，我心情大好，等到了门口时已经完全转换成了游玩的心情。一进门之后先是儿童游乐场，刚刚去过长岛的我意犹未尽，和一家人一起坐了摩天轮观景。刚才在坐电车来到丰川的一路上经过山野的时候我还在想，如果现在满眼的绿意之间灰色的部分都是含苞待放的樱花树的话，那盛开之时该是怎样一番美景啊。可惜爱知的春天要到3月最后几天才会正式到来，现在还不是时候。

从摩天轮上下来之后就顺着园区的路往前走了。整个园区看上去很小，实则别有洞天，动物虽少，但都很可爱，作为一个动物园，该有的一样不缺。从规模上来讲比我印象中的北京动物园要小，但布置得非常用心，最让我惊喜的是除了物种的介绍之外，几乎每处都细致地写了每只动物的名字与特征，并附有照片，方便游客辨认，甚至包括这一家之间的血缘关系等。饲养员还用疼爱又无奈的口吻标明了每只动物的小性格，比如两只狐狸一静一动、锦鸡爱啄饲养员靴子、公鹿挑食还易怒等等，让游客特别是小朋友很容易对它们产生亲近感。最神奇的是鹦鹉笼子前还挂了一个麻雀的牌子，上面写着：“居住地：这一带。习性：偷吃鹦鹉的鸟食。”如果说动物园将本应自由生长的动物圈养在一个狭小空间里的目的是为了满足居住人对动物的好奇心并培养人们对动物的善意的话，那么这种细腻而个性化的解说应该比冷冰冰的说明文有更好的效果吧？

逛完了动物园，大路尽头便是一片樱花的长廊。大多数树上都还只有小小的花苞，但一些心急的早已开了满树，花间有鸟儿啁啼嬉戏，站在树下看只是一团不比花大的影子。深深浅浅的嫩粉色花朵明明排列得很稀疏，一眼望去又好似错落有致的层云，娇美而惹人怜爱。第一次感受到日本之春的心突然自在轻盈了起来。和茶道花道打了太久交道，搞得我整个人对美的概念变得都有些僵硬和教条了，但此刻看到了这一整园的樱花，心中突然有种释然了的感觉。不必去思考美的深邃，只要静静地沉醉在这种金黄的一小撮花蕊与柔嫩透光的小小花瓣组成的、甜蜜可人的色彩中即可，只是如此便感觉身心都像能够轻轻腾空一般惬意。

最后又逛了逛室外的欧式、日式花园和温室大棚里的迷你植物园，用有限的空间尽可能地表现了各种气候下的植物的生态，而且花布置得非常美。大概是因为在练习花道的缘故，让我对花多了种亲近感与别样的喜爱。

这样就回到了进来时的大门前，距离进门时已经过了六个小时了。虽然我说得轻描淡写，但其实一次走这么多路还是相当累人的。跟着我们走了大半天并在植物园区担任御用摄影师的叔叔阿姨都累得不行了，跟我说笑玩闹了一路的罗学姐也是。但我最后还是小小地任性了一下，请罗学姐陪我上了园区中央的观景塔——其实我只是满足一下自己对这栋与周围环境格格不入的、带有苏式风格建筑的独特情结而已。

这样一来，非常充实也愉快的一天就过去了。为了表达对他们特地邀请我来玩的感谢，我也邀请他们有空来北京玩，希望以后还能再见吧！

2018.03.26

去赏花吗？

今天是约好要去憩鸟庵练习茶道的日子。午后，我骑着自行车从学校出发，在住宅区内曲折的小巷里左绕右绕，总算准时到达了冈田老师家。没想到一拉开和式房间的推拉门，就看见地上平铺着一件和服和几件白色的短打，冈田老师、野本妈妈、黑柳太太这几位都在。大家正在热火朝天地聊着什么，看见我进来了，立刻招呼我把外衣脱掉，试一下这件和服。

这可不是在日本文化课上穿的简单的、一般用来穿去看花火大会的浴衣，而是真正的和服：比只有一层布的浴衣厚重得多，面料上印着精巧的花纹，光滑、泛凉而富有光泽。而且看这个架势，和服里面穿的内衣、腰带和袜子也都配得十分齐全。我虽然没有太搞清楚状况，但在几位年长女性的催促和帮助下，还是将这件和服穿在了身上。和服的穿法比浴衣复杂太多，我能做的只有站稳不动，好让大家把各种里里外外的衣服套在我身上，再用各种长长短短的绳子把它们固定稳妥。有些绳子只是一时的辅助，有些则需要扭出漂亮的形状。我一边听她们向我介绍各个部分的作用和寓意，一边低头看着这件没有纽扣也没有拉链的、披肩似的衣服逐渐固定在了我身上。

最后到了系腰带的环节。这条腰带比浴衣的腰带宽许多，上面以各色丝线绣成了相当华丽的纹样，和整体素雅的和服十分搭调。在场的所有人中只有冈田老师会系这条腰带，但就连冈田老师也是一副不太确定的样子。在一套复杂的流程后，这条腰带总算漂亮地勒在了我的腰上。我听见大家都在感慨衣服合身好看，冈田老师的女儿还帮我把头发盘了起来。到了这个时候，大家终于想起来要向我仔细解释缘由了：原来等到茶会的时候，大家打算让我穿着这套和服泡茶。我刚想表达感谢，就听见野本妈妈说她打算把这套和服和腰带当成礼物送给我。

这怎么可以呢。我还没拒绝完，冈田老师又告诉了我一件事：这条腰带是野本妈妈的妈妈亲手缝的，同时也是野本妈妈出嫁时的嫁妆。在听明白这句话后，我一时间想到的是，我是不是刚刚听错了才会以为她们要把这个送给我。野本妈妈继续说，反正现在也没有机会穿了，还不如送给我。

“可是我也没有机会穿啊？”面对我的问题，大家都十分淡定地表示反正我之后也会在日本读大学的。在我还没有把话说明白的时候，冈田老师就宣布要开始今天的练习了。

要说穿着和服练习茶道和平时有什么不同，那就是除了要努力回忆动作之外，还要忍耐腰部和腿部传来的酸痛。好在大家都对这份痛感同身受，练习结束后都过来安慰我说辛苦了。

换下和服后，野本妈妈又问我接下来有没有空，要不要和她们一起去冈崎城赏樱。我说我本以为今天只有茶道练习，所以骑着自行车就来了，而且宿舍的门禁时间是晚上六点——结果老太太们让我先把自行车骑回学校，她们一会儿去学校接我。而且野本妈妈作为我的住家妈妈，也算是在监护人的陪同之下外出。听她们这样说我也期待了起来，暂时告别后便骑车回去了。

在和宿管老师交代清楚情况后，我就坐上了野本妈妈的车向冈崎城出发了。现在樱花尚未开全，等我们到达时太阳也已经快要落山了，但这反而让漫天的花苞与半开的花朵染上了一层朦胧的光晕，金色夕阳之中的小桥、河堤与悄然绽放的樱花有种别样的幽静，和12月的红叶又有所不同。我们走在树下的石子路上，仿佛走在樱花的长廊之中。大家给我讲起冈崎城樱花的来历，讲起樱花凋零之后还可以看“叶樱”，不知不觉间天就黑了。

天黑之后，我们在公园内的饭店里吃了田乐料理。田乐是一种将味噌涂在穿在竹签上的豆腐上的食物，据说还是关东煮的原型。窗外，专为樱花季而准备的彩灯亮起，照亮了一团团雪白的花影。

“这就是‘夜樱’。”冈田老师说道。

我们一边吃一边聊，从冈崎城下的樱花聊到数十年间她们接待过的留学生和许许多多的往事。和长辈说话是锻炼敬语的绝好机会，而且哪怕只是闲聊都会有很多意想不到的收获。她们问我觉得这里的樱花如何，我回答说非常好看。她们笑了，说之前带一个留学生来看樱花的时候，那个留学生的反应是：“就这样吗？”

我也笑了。怎么可能就这样呢。

2018.03.31

冈崎城樱花祭

冈崎城的樱花开了，而且是全开，而且樱花祭也开始了！

留在宿舍的最后一天，我决定抛下怎么也收拾不完的行李，趁着还在冈崎的时候去赏花。在国内的时候听说日本人喜欢的是樱花凋零的凄美景象，我觉得也不尽然，不然怎么会有这么多人赶在这个时候来玩呢？平日里一直空荡荡的河岸和公园此刻被游人和鳞次栉比的小店填满了，骑车来的我逆着人流简直寸步难行，甚至在想，怕不是全冈崎市的人都来了。虽然一路上还什么都没有做，但光是白云高挂的晴空和开满整个河岸的雪白的染井吉野就已经让人换上了庆典般的心情，忍不住想要一边哼歌一边踏步前进。

把车停好后，我就开始逛了。不知是不是一下多了这么多人和小店的缘故，已经相当熟悉的公园与河滩此刻竟然显得有些陌生。

人群熙熙攘攘，小道两旁全是颜色鲜艳的招牌，有炒面、大阪烧、巧克力香蕉、苹果糖和章鱼小丸子之类祭典上常见的小吃摊，也有卖小笼包的。当然，还有应景的三色花见团子。我抱着只是转转的心情穿过樱花盛开的小路，又走下了河滩，顺着为了樱花祭而临时搭起的小桥跨过乙川来到对岸，从一片樱花之下来到了另一片樱花之下，不知不觉间就吃了一大堆东西——难得有可以边走边吃东西还不会被路人侧目的机会。而且，无论走到哪里看到的都是人们舒展的笑脸，听到的都是呼朋引伴、招呼客人和各种小吃出锅的声音，这种气氛实在是太棒了。坐满人的小船驶过时，河道两旁围坐在树下聚会的人们会招手示意；就连很吵人的电车，收获的也只是半是困扰半是无奈的微笑。这种景象在日本可不常见。真不愧是樱花祭的魔力啊。

下午，我叫上赵学姐，两个人又逛了一圈。学姐对樱花祭早就熟悉得不能再熟悉了，她给我推荐了几家很值得一尝的店，还有不少店主和她打招呼。一路上，穿着光之丘校服的我们也看到了不少穿着同样制服的女孩子，而我们两个只要低一下头就能快速判断出对方的年级——皮鞋这么光亮，肯定是新生。

一直到日暮时分，樱花祭那令人飘飘然的魔力都没有消去。回去的路上，我选了一条没走过的路，结果绕了很远才回到学校。路上收到了小悠发来的消息，是想确认明天来接我的时间的。我想当然地回复了，浑然没有意识到这将造成多少问题，乃至让我和园田家见面的第一天变成一个我日后有些不愿回忆的日子。

2018.04.01

道歉与原谅

就像我上一篇日记中说到的那样，我也没想到和园田家见面的第一天会发生这种事。

事情并没有那么复杂。简单来说，就是原本计划是今天一早园田家来接我的时候会有一名学校老师在场和住家打招呼，而我因为上午有事，就提前和小万商量之后将时间改到了下午。然而，我并没有告知老师这一改动，以至于在约定的时间园田家并没有来，而直到这时我才想起是不是应该和老师也说一声。

日程并不是临时确定的，但我因为没有这位老师的联系方式而事先什么都没有做。现在想来，就算没有老师的邮箱或者电话，也不代表完全没有联络的方法。哪怕我请班主任带个话或者下课直接去教师办公室找这位老师都是可以的啊。可能一方面是因为这段时间在日本经历了许多事而对自己的处事能力有了一定自信，另一方面则是以“不好意思给人添麻烦”为幌子，内心深处还是像在国内时一样等着别人来帮我解决问题——即使我有正当的理由，即使我的日语水平足够把事情说清楚，即使我知道老师们会耐心听我说话，我也始终不情愿自己抛头露面去做。

于是当时不好意思麻烦别人的结果就是到最后反而给别人添了更大的麻烦，当时不去积极解决问题的结果就是到最后只能面对一个更难办的烂摊子。在约定的时间既没有等来小万一家也没有等来老师，我这才意识到自己好像做了什么非常对不起人的事，心里突然冒出了一股迟来的后悔与恐惧。在空荡荡的走廊里，我一个人不安地等了很久，最后实在没办法之下借了认识的老师的手机和负责送我的老师取得联系，解释清楚事由后，我听到了我来日本后听到的最伤我心的一句话：“小青，知道这样会给别人添很大麻烦吗？”

我当然知道了，所以我用最高级别的敬语向老师一遍又一遍地道歉，然后确定了下午交接的时间。老师并没有继续很严厉地说我什么，当然也可能是老师的话全都不如我自己内心的自责来得大。优先考虑别人，尽可能不给别人添麻烦是我从很久以前就立下的目标。大概是因为来到这里经历了很多事、遇见了很多人后让我觉得自己离这个目标近了许多，所以此刻心里也格外难受。今天的事除了证明我并没有完美掌控自己生活的能力以外，还证明了我并不是我所期待的那种人——如果我真的把别人放在首位，就不会因为这种无聊的个人心理原因而把事情搞成这样了吧。

幸好老师下午也没有其他事，依然可以陪我等住家过来。至此，我也终于想明白了一件事。之所以每次住家交接时都需要在一名老师的陪同下在学校见面而不是让我直接过去，是因为学校要作为我的监护人与介绍我去各个家庭的委托方，必须保障我的安全同时出面和各家打招呼。没有想到学校的用心，可能也是我疏忽的原因之一吧。

这件事让我消沉了整整一天，但除了给老师造成了困扰之外，并没有造成什么无法挽回的后果。临走时，我为了表示歉意送了老师一个兔儿爷泥塑当礼物，老师还很惊讶地问我为什么。园田家接到我之后就和我一起去超市买了晚上涮火锅吃的东西，谈笑之间像是完全没有把这件事放在心上。这件事就这样过去了，后来在走廊里碰到那位老师时，老师依然会笑着回应我的问好。

或许到最后，唯一还在耿耿于怀的就只有我自己。在我看来，这件事就像是否定了我的一部分，否定了我这段时间的成长一样。

但后来有一次闲聊时，园田妈妈对我说了一句在我看来很不符合日本人主流观点的话：“人就是在互相添麻烦的过程中变得熟悉的。”我一听到这个话题心里就莫名泛堵，只能默默点点头。

2018.04.08

在家康行列上扮演忍者

冈崎是德川家康的出生地，每年4月都会举办名为家康行列的花车游行，有乐团、冈崎市吉祥物、花车等。其中，最吸引人眼球的是排在最后的穿着日本战国时代武士服的队列，在那之中每年都会有一位知名的演员扮演德川家康骑马而过。很可惜我参加的是排在很前面的、图书馆Libra组织的“安全安心・多文化共生推进队”。这个队列里的参加者除了图书馆的负责人之外都是住在冈崎的外国人。我报名的是扮演忍者，主要任务是头上绑着写有“忍”字的头带、穿着漆黑的忍者服给路边来看游行的人们发彩纸叠成的十字镖——日本人管这个叫手里剑。

说明会之后，所有扮演忍者的人都领了一大堆彩纸回去叠十字镖。到了园田家之后，园田妈妈每天早饭后都会来帮我一起叠。我们把腿缩在被炉下，不时去逗逗趴在我身边的两条小狗——小荻和小太郎。剩余不多的春假就这样过去，转眼间新学期便开始了。开学后第一周的周日，便是举办家康行列的日子。

一早，我带着园田妈妈准备的便当坐上了电车。园田家不在冈崎市内，每天坐电车上学单程需要将近两小时，这种通学距离在北京大概难以想象。等到了图书馆后，我便来到了位于三层的交流活动中心换上了忍者的服装，系上了头带和绑腿。经过之前的日语歌大赛和女儿节活动，图书馆交流中心的很多工作人员已经认识我了，这次还主动来和我打招呼。上次女儿节时的中国小妹妹和她的妈妈也来了，她们是来参加旗队的。

时间到了，工作人员开始给我们讲解今天家康行列的流程。多文化共生推进队主要由几位举着各国国旗的旗手和披着印有“冈崎”字样外套的护旗队组成，我们几个忍者只要在给路边的人们发十字镖的同时注意不掉队就好。在练习了几遍路过主会场时要喊的口号后，我们就从图书馆出发了。

图书馆之外是4月的艳阳天了。樱花谢尽，地上野花开放，嫩草如茵。集合处到处都是身着各色盔甲、举着不同领主旗帜的武士和身着华服、化着浓妆的古代公主，我一个一身黑衣的忍者穿行其中，显得格格不入。在我身后，几面国旗在暖阳下随风飘扬，其中就有熟悉的五星红旗。或许是因为太久没有见到这面旗帜的缘故，一时间心里充满了难以言表的兴奋。

到达集合地点后不久，游行便开始了。伴随着前方不远处乐队奏出的旋律，我们的队伍也开始向前。为了举行家康行列，附近的马路都封路了，我们就这样走在了宽敞的马路中央。从路中央往两侧看的景象和平时看到的有些微妙的不同，更何况从来都少有人烟的路两旁现在坐满了前来看花车的人们，让整个街景显得有些陌生。

走过不远后，队列里的工作人员招呼道："忍者们可以去发手里剑了。"我像是突然意识到自己的任务般，很不知所措地来到了路旁——以路人的视角看来，一个穿着忍者衣服的外国人手里攥着一把十字镖凑上前来，大概会觉得莫名其妙吧？既然如此，必须我主动做出些表示了。我稍微整理了一下心情，脸上露出了做自我介绍时的笑容："要来一个手里剑吗？"

向不认识的人打招呼比我想象中还需要勇气，因为最可怕就是好不容易鼓起勇气后却被无视或拒绝。好在，可能是受到这种和樱花祭时相似的、节日般的氛围的影响，一路上的陌生人都自然地接受了我递出的折纸，前方的人看到了我们在发还主动伸出手来。我很受鼓舞，心也逐渐放松了下来。被爸爸妈妈抱在怀中的、直勾勾地盯着你看的孩子，眼神怕生、小声嘟囔着的小学生，会笑着连声道谢的年轻女孩，坐在小板凳上、说着"嗬，是外国人扮演的忍者呢"的老人，我一边微笑着问着"要来一个手里剑吗"，一边将手里剑放进无数人的手中。随着我越发越多，也逐渐熟悉了怎样的人会有怎样的反应。有趣的是，有些匆匆瞥了一眼就避开视线的人——大多是老人——在被问到后反而会诚实地说想要并含混地道谢。

不知何时起，我也不自觉地挂上了自然的笑容。

时值正午，天气正热，被一身黑色的长袖长裤裹得严严实实的我出了好多汗。于是在发手里剑的间隙，我抽空到队伍中专门带水的工作人员那里要水喝。工作人员背着一个巨大的饮水机，每当队伍里有口渴的人来找他时就会拿出一个小纸杯倒上水，等人喝完后再把纸杯放进专门收集垃圾的工作人员手中的垃圾袋里。以上的一切都在行进间完成，有种童话般奇妙的感觉。

我们正在发手里剑的时候，突然听见路边有人在叫我的名字——原来是园田家的爸爸妈妈从临市过来看我了。队伍还在前进，我只能匆忙地打招呼并给他们递去手里剑，说不定这个还是园田妈妈叠的呢。

我们缓缓走过我熟悉的车站，又回到了冈崎公园。河岸上开得晚的樱花还留在枝头，我们的队伍和几面国旗相继从花下走过，来到了樱花祭那天人满为患、此刻却空荡荡的河岸上。最前方的乐队还在奏乐，看着每天坐电车时都能在桥上远远望见的冈崎城，我心中突然对这座城市产生了一种异样的感情。虽然我在这里住了还不到一年，虽然关于这座城市我不了解的事还很多，虽然我所接触到的也只是这座城市的一角，但我还是意识到了我对这座城市的感情。那么多开心的事，那么多蠢事，都发生在这座冈崎城脚下，有着红叶与樱花、山野与河流、不是特别繁华也不是特别无聊的城市里。而且最重要的是，这座城市里有挂念着我、等待着我的人。

一想到这里，心里就十分温暖。

不远处就是冈崎城和图书馆了，家康行列到这里也基本结束了。我还是觉得意犹未尽，就像不想看到开得正盛的樱花凋谢的景象一样，我无比希望这个春天结束得再晚一些。

2018.04.27

新学期与新生欢迎会

新学期已经过了一个月，我也成了二年J班的一员。班上除了很多和我在一年H班时就很要好的同学之外，还来了几位留学归来的同学。班主任换成了一位新来的年轻老师，但原来的班主任还继续担任我Global Education的老师。现在的我早已适应了光之丘的生活，和半年之前相比整个人都从容了许多，不再担心不被身边的人接纳或是做错什么事而给祖国丢脸，也没有了日语方面的问题——因为学期开始时没有进行自我介绍，很多同学是直到很久之后才知道我是留学生的。整体来说和新同学、新老师打交道时就和在国内时没什么区别。樱花季结束，梅雨季尚未到来，每天都是天高云淡的晴好天气。

然而，人际关系方面轻松了，不代表就没有别的事可忙了。除了从3月开始就一直在断断续续地准备着的演讲比赛，还有新学期新开的各种课程和N1考试，让我的日子过得还是十分充实。这次的期末考试我想尽可能多参加几个科目，而且二年级新增的主要是世界史和Global Education这类的文科课程，都是我非常感兴趣的内容，即使不出于考试需要我也会认真听的。世界史看样子很快就要进入中国古代史的部分了，Global Education听名字像是会讲一些世界各国的知识，但第一学期的内容却全是日本的传统文化。按照老师的说法，这是因为在了解世界之前首先要了解自己。

除了学业之外，升入二年级，我在社团里也终于有后辈了。花道社活动时基本人人都闷头插自己的花，社员之间的交流很少；但漫研社主要的活动内容就是交流，所以我在这里认识了许多活泼的一年级同学。尤其今天的社团活动时间，每人都各自带来了一种零食或饮料。大家把教室中的桌椅面对面摆成一列，分好吃的之后就开始聊天了。这就是漫研社的新生欢迎会。虽然无非只是聊聊彼此喜欢的作品和角色，但果然还是特别开心。

整个4月过得都很充实，但反而没有什么日记可写，真是奇妙。

2018.04.29

伊势神宫

新学期刚开始没多久就到了黄金周，也就是说又放假了。这个周末，园田家特意开车带我去了位于三重县的伊势神宫。在Global Education课上也讲到了伊势神宫的地位之特殊。它是日本神社本厅的本宗，祭祀的是天照大神与丰受大御神，前者神话中与日本皇室的联系非常紧密，后者则是丰收之神。因此，伊势神宫对于日本人来说有着别样的意义，可以说是一生必去一次的地方。园田家也正是考虑到这一点，才打算带我去的吧。

跨过高高的鸟居，就进入了神的圣域。然而，每逢各种节假日，日本的景点总是人山人海，所以真正到了神宫之后也完全没有我想象中的幽静。虽然有参天古树和古朴肃穆的建筑，但每条路上都人来人往，一边前进还要一边注意不要走散，实在让人很难静下心来。

在神宫的内宫中，我也按照园田妈妈说的那样鞠躬二次、拍手二次后又是一鞠躬的流程来祈祷，但一想到身后还排着那么多人，就很难把愿望连同精确到自家门牌号的住址说完——不过这样或许是对的。因为日语老师听说我要去伊势神宫后半开玩笑地说，像伊势神宫这样规格的神宫本身也不是让我们这些凡人倾诉烦恼的地方，真正该做的只有向神表达对风调雨顺、幸福生活的感谢，而非向神祈求些什么。

外宫也参拜结束后，我们又在商店街上逛了逛。游人摩肩接踵，还有许多穿着和服的年轻女孩，十分热闹。园田妈妈特意带我去吃了伊势神宫的特产赤福，一种将红豆沙裹在糯米团子外的点心。我们点的是赤福冰沙，所以被端上桌的还有巨大一碗抹茶冰沙和两杯热茶。因为园田妈妈说她已经不知道吃过多少次了，所以最后一整碗冰沙都是被我吃掉的，吃完后手脚冰凉。

在买了同样是伊势特产的伊势乌冬面和小狗挂件之后，我们便趁着时间还早就回去了。伊势神宫有很多小狗的纪念品，因为古代有很多因病之类的原因无法参拜的人会让他人带自己的爱犬去参拜，其中甚至有的小狗独自完成了整个来回，传为佳话。

回到家后尝了一下伊势乌冬面，比一般清淡的乌冬面咸一些，一家人都觉得有点重口，但我反而觉得刚刚好。

伊势神宫一日游就这样结束啦。接下来的黄金周干点什么好呢？

2018.05.01

第一轮就被刷掉的球技大会

新学期第一次班级活动就是球技大会，有乒乓球、排球和羽毛球三项。班会上讨论的时候，羽毛球基本被羽毛球社的同学承包了，在大家一致要我去参加乒乓球比赛时，我只能实话实说："不好意思，我虽然是中国人，但我真的不会打乒乓球啊。"于是，我就这样参加了同样不怎么会的排球比赛，并在初赛中遇到了后来的年级冠军而飞快地惨遭淘汰。现在想来应该去参加羽毛球的，毕竟上学期体育课上全班打一对一比赛时我的胜率还有一半以上呢。对于排球则除了陌生感外还抱有相当程度的恐惧，毕竟比赛前的几节体育课上每次手腕和小臂都被砸得发红的经历还历历在目。

球技大会上，我们穿着缝有自己编号的运动服、系着浅绿色的头带来到了操场上。原来一年H班的几个同学这次按照新班主任的名字编了新的加油口号，让我不由得想起了运动会的啦啦操，我还清楚地记得大家比赛时的情景，但居然已经过去半年了。

赛场上，我救起了一个球，但也碰到了一个出界的球，算是一功一过两相抵消了吧。轮到我发球时，我也成功打过网了，还被小丹评价说不像第一次打排球比赛，让我很是开心。说到战术，我们简单易懂地总结为：把对方打过来的球垫起来，然后传给排球社的同学。毕竟我们的主攻手小纪可是排球社的社长啊，大家都觉得只要能把球救起来就好了。

然而，事实上我们连救球都很困难。对方的主攻手也很强，因为一开始决定发球顺序时猜拳输了，所以我们一上来就连着失了好多分，陷入了一边倒的局面。班上其他同学在场外加油的声音虽然很大，奈何气势并不能真的像热血的体育漫画里一样转换成力量。即便如此，我们依然顽强地抗争到了最后，比分一直很胶着，没有让对方赢得很轻松。成绩出来后发现我们的对手一路赢到了最后，顿时觉得我们也很了不起。

由于我们第一轮就被淘汰了，所以我和几个同学又去看了羽毛球和乒乓球的比赛。然而一直到最后J班都没有捧回一座奖杯。大家很快放下了对比分的执着，投入到了用各自的小相机照相的热潮之中。毕竟现在很多同学都还彼此不熟悉，球技大会就成了一个很好的彼此熟悉的机会。我也是多亏这次比赛才勉强记住了全班同学的名字。

出人意料的是，在最后的教师比赛环节，新班主任的表现无比精彩，尤其扣球的时候力道特别精准，多次博得了全场的喝彩与掌声。比赛结束后的班会上，老师非常懊悔地表示不甘心，搞得全班哈哈大笑，明明早上他还说只要没有人受伤就好。不过这样一来大概老师的粉丝也会增加吧。日语老师说几乎光之丘的所有男老师背后都会有一个隐秘活动着的粉丝团，甚至连五十多岁的老师都有，用日语老师的话说就是“萝卜青菜各有所爱”。但大多都会随着年轻帅气的新老师的到来或者原来老师的结婚而如鸟兽散，只剩几个坚定的粉丝。

“这就是女校啊。”日语老师当时这样总结道。

2018.05.05

端午，夏天的开始

黄金周前我那一大堆要做的事基本都还积压着，再加上悉心准备了很久、请了很多人帮我修改稿子的演讲比赛落选的消息传来，我更加没有了干劲。当然，这可能和所谓的“五月病”也脱不开干系。在日本，每年的4月是新年度的开始，公司上班，学校开学都是在这个时候。而一个月之后，人们在逐渐适应新生活的同时也会失去一开始的新鲜感，再加上黄金周放假让整个人的精气神都散了，所以黄金周结束后会出现大规模的不想上学上班的现象，被称为“五月病”。之前我一直认为这只是夸张的说法，切实体验过后才发现我小看了“五月病”的威力。

毕竟，5月的天气实在是太好了，每天都暖洋洋的。5月旧称“皐月”，是杜鹃花盛开的时节。在此之前我从未想到自己竟然会如此喜欢这种艳粉色的花。可能是因为它们开在路旁的绿油油的灌木丛中，一下子就能让一整年看下来都平平无奇的风景变得十分独特。就像光之丘门口的树篱一样，一直以来都只是单纯的树篱，结果突然就开出了一整面墙的花，谁想得到呢。

被炉已经撤掉了，吃完早饭，躺在矮桌旁时能感觉到凉风和小狗从桌子下面钻过。初夏的天气也不像真正的夏天那样酷热——至少大多数日子是这样的。这种情况实在是令人无心学习，只想懒洋洋地一直躺着，或者等下午不那么热的时候在小路上散步，然后顺路去坡道下车站附近的日式点心店里买些时令点心回来吃，每天的烦恼就是到底是该买草莓大福还是红糖团子还是冻橘子。这基本就是我这一周所做的事了。

今天5月5日是日本的端午节，也是男孩节。在日本，所有传统节日都是把阴历原封不动地搬到了阳历。由于园田家哥哥已经过了挂鲤鱼旗的年纪，所以园田家庆祝端午节的方式就简化成了吃粽子和柏饼。日本的粽子和国内那种米粒分明的、藏着肉或枣的、香气四溢的正三角形粽子不同，是一个尖尖的长三角形，味道则和其他各种糯米点心一样。此外，柏饼虽然名字里有“柏”，但这里的柏指的不是柏树而是橡树，柏饼则顾名思义是裹着橡树叶子的年糕。虽然吃起来不再会弄得满手黏黏的，但粽子里没有肉和枣，还是感觉差点意思。

想起来了，虽然没能近距离看到真正的鲤鱼旗，但我吃到了鲤鱼旗形状的和果子！也不算太遗憾啦。

2018.05.06

家政课作业——缝围裙

眼看黄金周即将结束，我和小悠也在去和同学吃烤肉回来的晚上突然想起了第二天要交的家政课作业。没有办法，只能叫上园田妈妈三个人在客厅里熬夜赶作业。至于为什么要叫妈妈，是因为家政课的作业是缝围裙。

上学期家政课学做饭时我就注意到了学姐们穿的都是自己缝的围裙，而现在终于轮到我们来做了。当然，缝围裙也不是说给直接我们几块布要我们将其改成一条围裙，那样实在太难了。围裙是现成的，我们要做的就是缝纽扣和在胸前绣花而已。课上，老师细致地讲解了三种不同的平缝缝法，并要我们自己设计绣花的图案，过于简单是要扣分的。而且在看了老师给出的范例之后，我觉得大家或多或少都会想缝得精细一点吧：范例是各色鲜花之中的圣母像，颜色鲜艳，针脚整齐，简直让人不舍得穿去做饭。

当然，这一范例带来的不良影响就是让人产生“我也能做到”的错觉。我设计的图案主要由我喜欢的动画角色和花朵组成，缝起来并不困难，就是线条太密了。在赶工几小时后困得眼花的情况下，想把人脸上的表情描绘得严丝合缝就变成了一件十分困难的事。再加上平缝时如果想要修改就只能剪断重来，而我显然没有那么多时间，所以就算缝错也只能将错就错。我们就在熬夜缝围裙之中匆匆忙忙地度过了黄金周最后的晚上。把围裙叠起来收进书包的时候，我只能祈祷老师不要把围裙翻过来检查背后的针脚，因为我最后的成品正面看似光鲜，背面实则乱成一团。

结果课上老师评分时还表扬了我的围裙，我只能露出带着黑眼圈的微笑。

2018.05.15

和纸工艺课

同为日本文化课的茶道课已经在日记中出现过好多次了，但我好像还没有专门写过和纸工艺。最主要的原因还是和纸工艺课几乎每节课都能做几个新的作品，所以一直推到了现在才写。

和纸工艺也十分有趣，每节课都会用日本产的和纸做一些日本传统的折纸或工艺品。除了团扇、文具盒和茶会时用来装怀纸和签子的小包以外，做得最多的还是小小的、贴在纸板上的纸人偶。用白色的圆形卡纸当脸，再用黑色的和纸遮住上半部分，几番折叠、揉搓和粘贴之下就能变成一个留着长长刘海的、只露出半张脸的小人。接下来给小人搭配衣服则需要费些心思：如果是普通的人偶的话，考虑和服与腰带之间颜色与花纹之间的搭配即可，但如果要突出季节色彩的话，则需要想得更多。比如我给赏红叶的人偶搭配的就是大红色的和服与紫色的腰带，用来呼应橘红色的枫叶。当然，也可能和小真说的日本人认为秋天要穿红色有关吧。给女儿节的人偶用花纹华丽的和纸，夏天的垂钓人偶则用简单明快的颜色模仿麻布的质感。在考虑这些的时候，明明和写数学题一样是动脑，却完全不觉得累或者麻烦，反而想得越多越是开心。就这样，一节课总是结束得飞快。虽然每次下课时手上都会沾到胶水和糨糊，但每次走进这间和纸工艺社教室，闻到纸张和胶水的淡淡味道时，总会觉得十分舒适。

用不同的节日与时令划分一年四季，在不同的季节做不同的事，真的是再风雅不过了。如果能细细咀嚼并记录每个时节，就能真切地感受到时光流动时留下的痕迹。每次像这样依照季节的变化做不同的人偶、吃不同形状的和果子、插不同的花，总给人一种自己也融入了此时此刻的感觉，心中变得十分宁静。看着去年做的红叶人偶，便能立刻回想起那时教室里制服外套都抵挡不住的寒意；看着女儿节人偶，仿佛去图书馆参加女儿节活动那天微暖的阳光正打在我身上。然而这一切都已经过去了，现在已经是杜鹃盛开的5月，留在我手里的只有几枚小小的折纸。

2018.06.10

与英语教室告别

6月10日，距离7月10日离开冈崎刚好还有一个月，我同这一年来对我照顾有加的人们的告别也陆陆续续地开始了。今晚有些小雨，直到老师的车一溜烟消失在雨幕后，我还不是很能接受这极有可能就是我们见的最后一面了。我还很清楚地记得老师第一次见面的时候用汉语自称“秃头日本人”，但因为发音发得很像“兔头日本人”害得我一开始没听懂。我顺势讲了讲汉语的声调，结果老师皱着眉头说：“怎么这么复杂。”

我很不服气地说，在我看来比英文的音节简单多了。

从小千第一次带我去这间家庭英语教室、把我介绍给这位英语老师起，已经过了小半年。这期间我因为老是搬家的缘故，去的次数并不很多，但每次去的时候都很有收获。老师上课主要是用英语玩游戏或者学习一些基本而地道的英文表达，比如加减乘除运算这样常用却容易被忽略的东西。除了我和小千，其他来上课的人主要是小学生或者中学生，因此在这间只允许说英语的教室里上课时总感觉十分轻松自在。

在我告诉老师我即将结束为期一年的留学、离开冈崎之后，老师便借着这次课的机会给我举办了一个小小的送别会。老师的孙女、也在光之丘上学的和我同年的同学烤了柠檬蛋糕和涂着厚厚奶油的纸杯蛋糕，我们就这样一边吃一边听老师讲他的美国往事，像是开茶话会般上完了我的最后一节课。

下课后，老师和往常一样开车送我回去。老师表示终于有机会给我秀一下这辆车的敞篷功能了，结果没开多久就下起了雨，只能去路边便利店前的停车场停下再把顶棚罩上。但不得不说，晚上在公路上开着敞篷车兜风的感觉真的好好，我一直以为风只会从头顶刮过，没想到会涌进车内再向后吹去，全身像是浸在风里一样，如果开得再快点大概会喘不过气来吧。

难得能留下这么美好的回忆，但一想到这可能是最后一次见，心里始终无法毫无芥蒂地高兴起来。接下来的一个月，我还要告别多少我好不容易才认识的人呢？

在车上，我和老师聊起接下来的规划。我无意间说到我回国之后身边不会有很多和我一样考日本的大学的同学，感觉和身边的人都错开了一样，有些不安。这些话我没有太和人说起过，可能内心深处，我也希望年少时就独自一人、用打工赚来的钱赴美留学的老师能鼓励我几句吧。

然后我听到老师沉默了一下后说，我这辈子都是和其他人错开的，一直都过得很好。

不愧是您啊。我只能这么说。

2018.06.12

人生第一次本垒跑

今天，在特别特别晒的第一节体育课上，我完成了人生中第一个本垒跑，虽然是练习赛。回家后查了一下资料，发现我还成功“接杀”了一次，洗去了对棒球的无知。

我们在学校练的其实是垒球，不过这并不是什么大问题。无论是垒球还是棒球，在最近的体育课之前我从没有搞明白过它们的规则，比如为什么那么细的球棒能打得中那么小的球，以及为什么有人在挥棒、有人在接球、有人在跑，然后全场就开始欢呼了。而现在，我不但对棒球规则了解得差不多了，还完成了一个本垒跑，在同队同学们的鼓掌与欢呼之中跑回了本垒！

棒球这项运动规则十分复杂，而且不像足球或篮球那样能经常看到一群人在跑的热血场面。我曾经多次试图搞懂棒球的魅力何在，最后在自己真的体验了一遍之后依然不是很明白，但总之我按照它的规则玩下来了，而且还完成了本垒跑！要知道一个本垒跑的路上有多少障碍啊，可能一上来就三振出局，也可能在半路上被接杀或者触杀，还可能因为配合失败而跑不到下一个垒，这次能成功完成本垒跑我真的好高兴。以后再有人聊起棒球的话题，我终于不用在旁边干听着了；以后要是有人问起我棒球的事，我就可以回答说“我也没怎么玩过，但我跑过本垒跑哦”之类的了！真的是太好了！

2018.06.13

最后一次花道社活动

将殷红与浅粉的鲜花与青翠的绿叶从剑山上拆下用报纸包好，洗干净花盆和剑山后将它们和剪刀一起收进走廊的柜子里，再回到教室里和老师道别，最后一次花道社的社团活动也结束了。经过了这近一年的花道学习后，我领到了池坊流“中传”的证书，正式成为池坊流门下的弟子。从今以后如果有机会参加花展的话，我就可以在我的作品旁边放上写有池坊流字样和我名字的名牌了。老师还说，池坊流有一本自古流传下来的记录着所有弟子名字的《永代门弟账》，现在那里面也应该能找到我的名字了。

当然，光之丘花道社的社员每个人都能在毕业时获得中传资格，所以这其实并不是多么困难的事。不管怎么说，这张证书记录了我的花道生涯中的第一个有纪念意义的时刻。在光之丘的花道研习，每周一次的与鲜花相伴的时光所带来的东西，最终以这种形式落在了实处。老师鼓励我回国之后也继续学习花道，甚至还给了我池坊流北京支部的花道老师的联系方式，我也答应老师以后一定会继续学习。毕竟这么长时间过去，我都怀疑自己还能不能适应没有鲜花的日子。

说到底，插花于我而言究竟是什么呢？把花束从散发着草木清香的大桶中拿出，一边设计花的位置一边考虑当下的季节与之前学到的诀窍，一边将花叶按照自己的想法剪切、固定在剑山的尖刺上，需要思考，但并不费脑子，而且看着美丽可爱的花朵，心情也会变得十分舒畅。这一切，某种意义上与和纸工艺有点相似。茶道的一整套流程对我来说还是很折磨人的，所以真正能让我静下心来的，反而是花道。不需要遵守严格的规定，也不需要琢磨如何像大师那样用作品传达自己的想法与美学，只要放松地、随心所欲地、按照自己的想法安静地摆弄同样安静的鲜花就好了。现在回过头去看看之前关于花道的日记，感觉我还是变了很多的。

可能这就是花道带给我的东西吧。不考虑目的与结果的存在与否，只是单纯去做让自己开心的事，这种孩子般的想法随着年龄的累加逐渐变得越来越难以实现。就像我在圣诞募捐时的日记写的那样，我们习惯性地认为人去做一件事之前首先需要一个清晰的动机，在做完之后又会想要一份相应的回报，而如果不满足这样的等式，整个人的行为就失去了逻辑。

然而这一年中，无论是看画展、听音乐会、街头募捐、去各地玩、参加日语歌大赛、赏花、参加家康行列等，我基本都是看到什么好玩的事就立刻参加，做的尽是些没有逻辑的、甚至还会令我在事后后悔的事。虽然出发前我告诉自己一定要做些什么，但其实一直到现在马上都要回国了，我始终没有定下一个真正意义上的目标，没有沿着某根定好的主轴前进，中期研修时“交流”的愿望更是无形之中被我抛到了九霄云外。这一年里，我完全是被流逝的时光推着向前，如同沧海拾贝般将被浪冲到我眼前的东西尽数抓住，在追逐一系列短暂的快乐的同时，没有去考虑此刻付出的时间与精力能否带来对目前的我而言最重要的东西。如果能将那些花在各种时效性短暂的快乐上的时间分一点给学习的话，我就能有更好的成绩、更大的把握了吧。

不过，某种意义上，我所做的一切也符合一种自洽的逻辑：我为了开心而做这件事，而做这件事又能令我更加开心。这种源源不断、自给自足的快乐让我像永动机一样，在寻找一个又一个乐子的过程中，不知不觉做了这么多事。这一年对我来说，或许是成人前的特大型嘉年华也说不定。在成为一个理智的、会计算得失与利弊、会为了达成目标而踏实努力的大人的路上，我给自己临时打通了一条开满鲜花的小道，在那里一玩就是一整年。

现在，嘉年华即将散场了。是时候回到正轨上来了，是时候学着做个主动面对不愉快的大人了。虽然我们都希望自己一辈子开开心心，但人一辈子不能只做开心的事，那样反而失去解决问题与战胜痛苦的能力啊。

话虽如此，在抱着花回家的路上，我还是在半路上的便利店里买了一个草莓味的季节限定冰激凌。没办法，谁不想做让自己开心的事啊。

2018.06.21

告别致辞

我的整个6月本应该沉浸在一种浓郁的、忧伤的离别氛围之中，但实际上这种感觉并没有那么强烈。要说原因，主要还是太忙了。马上就是举办茶会的日子了，当初在日记中写下豪言壮语表示要好好准备的第二次能力考也越来越近，前两天还复习期末考试一直复习到了深夜，此外还有各种必须在回国前了结的诸如寄行李、写临别贺卡一类的杂事，其结果就是每天都忙得手忙脚乱，反而没有那么多用来感伤的时间。杜鹃花开败，现在已经到了可以在信的开头写下“紫阳花鲜明地掩映在雨中”的梅雨时节；车站里的几个燕窝旁，前几天还只能在窝里探头探脑的几只小燕子正在努力学飞。一切都在缓缓坠入漫长而迷人的夏日，我也在今天朝礼时，在礼堂中向全校同学做了告别致辞。

告别致辞的稿子是从6月初就开始写的，当时还完全没有“我就要走了”的实感，写的时候反而要搜肠刮肚地在字里行间营造出一种离别在即的悲伤。包括今天上台从校长手中接过毕业证明的时候我都很平静，因为接下来二十天里我的日程实在排得太满，完全看不出是马上就要离开的人。

站在主席台上，台下十分昏暗、看不太清人脸，但我还是一上来就找到了我们班的位置。打开文件夹，我开始念日语老师帮我改好的稿子：“大家早上好，我是二年J班的留学生，来自中国的赵一青……”

整个告别致辞没有出现纰漏或是读错的地方，包括鞠躬的姿势都和家政课上学到的一样，是上身挺直、手垂在腿侧的完美九十度鞠躬。在我历数完这一年来的点点滴滴、用在我自己听来非常富有感染力的语气读完了整篇告别词后，台下竟然有一瞬间一片死寂，紧接着是热烈的掌声。我看向鼓掌鼓得最卖力的地方，又微微鞠了一躬向我的同学们致意。那个时候，我甚至有些荒谬地觉得我能听辨出每个人的掌声的不同。

紧接着，我从主席台上走下，和当初毕业典礼时的三年级学姐们一样从礼堂中央的通道穿行而过。我们班刚好站在通道旁边，大家冲着我又是笑又是招手，开玩笑地问着“要走了吗”，我也轻松地一边招手一边回应她们“两分钟之后见”。毕竟我们都知道这不是真的告别，在走出礼堂之后，我又会悄悄从侧门回到队伍的最后，然后在朝礼后的人潮之中和大家一起回教室上课。告别致辞，更多是向全校宣布“我就要走了”这件事吧。我的离开已经提上了日程，但现在真的没有足够的时间和精力去想它。

2018.06.24

最后的茶会

今天在冈田老师的憩鸟庵办了茶会，算是练习了半年的结业式。每月一次“卖茶流”的茶道练习，今天就是最后一次了。冈田老师一家、野本妈妈、黑柳太太都在，我还邀请了罗学姐过来。此外，其他和这间教室有缘的人也都在精心准备午餐。

穿上野本妈妈特意为我准备的那身和服，戴上冈田老师送的精致的头饰，我的准备就算完成了。按理说如此郑重的仪式我这个主角更不能掉链子才是，但最近因为各种事整个人都很不在状态，连这么重要的事都没能好好准备。虽然茶会前的周一特意练习过一次，正式开始前又彩排过一遍，但真的行过一礼，从水屋迈着擦步走到茶席处坐好后，大脑就一片空白了。总之先把炉扇摆好再行一礼，就可以上点心了；趁着客人们放松下来被点心吸引走注意力的关头，我手忙脚乱地开始了错误百出的茶道流程。更令人紧张的是，正坐在我背后的冈田老师开始滔滔不绝地说了起来，从今天的玉露茶到茶具旁小小的植物，再到凹间处挂的字画的寓意，老师熟悉的嗓音滔滔不绝地灌进头脑，把本身就记得不牢的知识点冲刷得一干二净。等大家吃完点心，专心等茶的时候，所有人的目光就又聚集到了我身上。所幸这个时候已经结束大半，最后总算是让大家都喝上了我亲手泡的茶，如果不算起身时脚麻了一时间站不起来的事的话，整个过程没出什么无法挽回的大乱子，算是平安无事地结束了。大家也都夸我记忆力好、非常努力云云，但就结果而言我还是觉得挺可惜的。老师安慰我说没关系，大家都是这样的，而且客人中很少有人看得出你做的对不对，只要摆出自信的样子就可以了。

客人在与不在，真是个矛盾的状态，就像量子力学里的观察者，而我就是那只又生又死的猫。老实说，我这时候应该感念各位的恩情、回忆这半年的教诲才对。然而真实情况是，我眼前只有茶，心里也只有茶。因为太紧张所以完全没有发散思维的闲心，除了茶以外其他一切都顾不上了。如果我能将全部流程烂熟于心的话或许还能有这份闲心，可过度的紧张与不熟练反而倒逼我进入了高度集中、心无杂念的状态。真要说的话，这说不定也是一种境界。

接下来大家一起吃了丰盛的午饭，由每家的独传秘方制成的餐点被精致地摆在漆器餐具中，芝麻豆腐、筑前煮，每一道都能吃出家常菜的朴实与精致滋味，因为是冷餐所以对胃的负担很小，但不知不觉中也能吃饱，更别提餐后还有由乌龙茶、杏仁豆腐与肉包子组成的茶点——用冈田老师的话来说就是中华风点心。罗学姐和我与客人们聊了许多话题。客人中有一位经常去北京学习中文，中文非常流利，那两屉正宗的鸡蛋虾仁包子——包子皮非常有嚼劲，馅则微咸，和便利店里卖的那种外皮柔软的甜肉馅包子完全不一样，可以说非常正宗了——就是她拜托在日本的中国朋友做的。

和老人家相处其实非常有意思。每人准备一道菜，加起来就是一席汤饭俱全的盛宴；每人准备一个故事，加起来就是一本薄薄的地方风土人情传。穿着和服的她们如同古老时代留下的残影，人却不是死板守旧的老人。她们处于我完全无法想象的高龄，却依旧充满活力，对新鲜事物充满了好奇，聊到兴头上更是和年轻女孩子没什么两样。在这些老人们身上，我感受到的是传统与现代的调和。就像她们将茶道教给无数外国留学生，又在游览不同国家时带着茶具与和服一样，保有传统的同时不排斥新鲜事物，这两个概念或许本身就没有那么地对立。而在寻找二者共存的出路时，最重要的是有一颗包容而温柔的心。

7月末，野本妈妈、冈田老师和黑柳太太要一起来北京玩，我们已经约好一起逛北京了，所以一直到走出憩鸟庵，我们聊的都是在北京的行程，依然没有什么离别的实感。但在走之前，我还是趁着没人跑到了茶室稍稍待了一下。午后的光与树影洒进阴暗的房间，安静地投在榻榻米上。我无声地进去坐了一下，好好看了一遍这间仿佛处于画框之中的和室。

再会了。

2018.06.25

随随便便、
但稍微也有点认真的人生规划

按理说今天已经是期末考试前的最后一天了，应该给我们留一些复习的时间，但家庭科还是发下了作业——一份人生规划表。这份表格按照年龄划分成数栏，还有几栏用来填配偶和孩子。需要做的就是把写有大学、工作、结婚、生儿育女、保险、买房买车之类的贴纸按照自己的预想贴在纸上。我闲来无事，就当堂做完了。

不知从什么时候开始，身边的大人们开始夸我“对未来有清晰的规划”“知道自己要做什么”，而我也一直心安理得地接受着这种赞美，直到今天才突然觉得哪里不对。我在一上来贴了大学、留学几个贴纸之后，居然不知道下一步该做什么了。我几乎是从很小

的时候起就坚信自己是要在喜欢的领域读到硕士甚至博士的，暗地里甚至对本科毕业直接找工作抱有一定抵触。这或许源于衣食无忧的家庭条件与家中对知识与“文化人”身份的推崇。

也是在这时，我第一次意识到了支持我这些令人沉醉的梦想背后的东西。就算我一直读到博士，也终有一天会面临求职赚钱养家这种令人想来就头大的事。我没想过一辈子待在象牙塔之内，那便还是要想办法去社会上赚钱。于是我贴下了“就职”的贴纸，却发现它轻松地就越过了象征三十岁的竖线。能保持学生的身份的时间现在看似还很漫长，原来还有几年就要结束了。

在那一刻，我感到了某种来自未来的焦虑感。虽然妈妈每次都安慰我说无论世事如何变化，只要能在自己的领域做到极致就永远不会被时代抛弃，但这么简单的理论我是不相信的。当然，我也明白妈妈的意思。但五年、八年之后世界又会变成什么样子，谁会崛起谁会消失，都需要太多的调查与学习。

不过贴贴纸贴到这里，我也逐渐想明白了一件事。与其说我是没有考虑未来的闲心，不如说是没有这个勇气。我一味相信未来的自己肯定能学有所成，得以安身立命，却又不敢真的付诸行动去确认、去了解我喜欢的专业的前景，只通过一些道听途说的消息来让自己安心，就像小马过河一样。我在害怕，害怕这个瞬息万变的世界，害怕大人口中冰冷的人际关系、无穷无尽的应酬与少之又少的知心好友，害怕自己最终成为摩天大楼脚下花生米般小小的影子，害怕自己翻开写着梦想的作文簿时自惭形秽的表情。

同时，我也在期待，期待那些成为大人之后才能体会到的东西，比梦境更绚丽的风景，在以千年为单位的浩劫中幸存下来的建筑、画作与文字，以及那么多值得去结识、值得去爱的人。内心如此矛盾，时间却不会放慢脚步等我。因为思考无可避免的事而感到的痛苦没有什么意义，但这不是放弃思考的理由。思考会带来痛苦，痛苦是思考的证明，人如果不愿做一根苇草无法放弃思考，也就无法割舍这份痛苦。

不过，幸运的话，也不是不能找到一个人分担彼此的痛苦。该贴“结婚”的贴纸了。刚刚身边几个同学小声表示自己肯定不会结婚，我想我的朋友圈里大概这样的声音也会很多吧。时间是现代，地点是大城市，那么多深夜故事早就向高中生们展示了成人爱情故事的一地鸡毛——可我依然觉得，能与一个深爱的人组建家庭会是一件幸福的事。只是，我怎么知道什么时候才能遇见那个人呢？而且这些贴纸里连不婚主义都没有，太不人性化了。它只是给出了定好的答案让我们进行排序与对号入座，这怎么能概括得了一个人的一辈子呢？

在想通这点之后，这项作业就变成了高中生的过家家了。与婚姻捆绑而生的，自然是房子、车还有孩子。我再次头疼起来。这个表格的适应性没有强到可以跨国的地步，只有买房没有租房，更没有“住父母的房子”这个选项。但不说房子，车还是要买的吧，保险还是要交的吧，孩子还是要生的吧？各种支出瞬间压了下来，生活也趋于规律，或者说，趋于固化。就像不锈钢的模具“啪”地压下去，再次抬起来的时候，刚刚趴在案板上肉馅已经成了一朵规规整整的五瓣花。这时，我头脑里居然无意识地划过了一个念头：“这个孩子来得真不是时候。”

下一秒我就后悔了，怎么能这么想一个还没来到这个世界上的新生命呢？但这就是我大脑的第一反应。人的成长本应该是多么值得歌颂的奇迹，从一个小动物幼崽般柔柔嫩嫩、不会说话的婴儿，一天天长出牙齿和头发，开始牙牙学语，跑跑跳跳，最终成为一个成熟的人类个体，携带着父母的基因走向世界大潮，进行下一个循环，完成我们作为物种的使命。

但把这件事看成生活的一部分时，又是完全不同的感受了。孩子会消耗大量时间、精力与金钱，从幼儿园到大学。事实上，对于对金钱缺乏概念的我来说，最让我紧张的还是责任感。要让我的孩子享受满满的爱的同时认识到人世的险恶，要让他有健全的身心的同时经历不大不小的挫折，要让他自己找到自己的路……我自己还没活明白的话，怎么知道该怎么做才好？

而且从孩子出生起，一下子近二十年的时间就没有了。本来能自由度过的大把时光，一下子因为一个新生命的出现而变得按部就班起来。我突然想到了我自己家，想必我的出现也让父母不同程度上牺牲了自己原有的生活方式吧？但他们从来只说我的存在给他们带来了何等幸福，至少当着我的面的时候都是这么说的。也正是因为这样，我对要个孩子的想法没有那么排斥。

不过现在想这个实在有点滑稽，毕竟我自己也还只是个孩子。三十岁的我比现在的我大整整一轮，到时候肯定会有不同的、更有智慧的见解吧。只是我的人生规划一下跳到了五十岁。虽然不是说有孩子的时候就不可以旅行、学习技能了，但果然还是得把重心放在家庭上。等孩子独立出去，想做的事又有了第二次尝试的机会，说不定我还会转个专业什么的。但到这里，我能明显感觉到我举棋不定起来。五十岁，比现在大了两倍多的岁数，三十多年里能发生太多事了，我一共还没活过三十年呢！现在的我本身就没法看得太远，更别提那浓雾笼罩的后半生了。是三十岁生活的重复，还是充满新鲜刺激的每一天？这个谁知道呢，所以我草草贴上了退休的时间。总之接下来要和我的伴侣一起享受没有工作的日子了。孩子们也该走入社会了吧？他们会不会有各自的家庭？我也会成为一个话很多的老太太，然后在某个普通的日子里，我最后的意识随着我呼出的气息一同消散风里，和这个我曾活过许多年的世界告别。

眼角有点酸。如果不是在教室里，我大概会稍微哭一下，祭奠我在头脑中飞快度过的一生。就这样了，原来我也是会死的。平日里，这个词太过遥远，远到我从未将这个被大人们所避讳的字眼安放在自己身上；可我在头脑中过完这六十余年后，它就像个在旅途尽头等待乘客的车站一般，愈发清晰起来。我还记得小学时第一次认真地想到死，第一次意识到万事万物都有终结，而我所见所感的一切都不过是注定消逝的短暂幻影，而死就是意味着什么都不剩，和这个世界断开最后的连接。我害怕得不行，却更痛苦地想到死后就连害怕这种感情都感觉不到了。

这段时间我也常常在想，“大人”究竟是什么呢？日本的广告特别青睐“大人”这个词，“大人”的甜，“大人”的苦，“大人”的香气，似乎一定要将这一系列含蓄甘醇的味道与小朋友的死甜死辣区分开来。而偏爱这种“大人味道”的我，在学着大人的样子做了个人生规划之后，发现自己果然还是个孩子。不过拜它所赐，我终于有机会一吐很长时间以来的复杂想法并将其整理。等我成为真的大人之后，又会怎样看待这些文字呢？我会不去等待那一天的来临，我将要、也只能向那一天前进。

2018.07.01

第二次日语能力考试

又一次N1考完了，而我则知道这远远不是我在日语能力考试路上的终点。那么，日记又该怎么下笔呢。我重新去看了一遍半年前12月N1考试之后写的日记，看到了那个时候自己澄澈干脆的心境以及一根筋努力的热情，对比此刻，只有深深的叹惋。这半年发生了太多事了，在我这样一个总是如此怀旧的人看来，只要是过去的事，无论好坏都带有令人怀念感伤的价值。那些看不到出路与尽头的寂静夜晚，入睡之前的自动播放的听力原题，随着窗外车辆驶过时地板的震颤而写下的句子，在宿舍小小的房间里一边绕圈一边记下的单词。印象最深刻的一幕是在考试的前一天下午，我打开窗户让12月的冷风灌进房间，开始收拾起考试期间散落四处的教材和模拟题。天色渐暗，心已经飘向了二十四小时以后以及快乐的寒假。

明明都只发生在半年以前，却觉得无比遥远。

一切都变了，那个时候的疲倦与压力只存在于自己心里，而非肩上；不变的是，我仍然在期待着未来，把一切应该此时做完的事交给未来的自己。那个时候期待现在的自己，现在期待将来的自己。那种对过去的病态怀念和对未来的无限期许又重上心头，只是我已经不再为它烦恼。或者说，我已经学会了不再去为它烦恼。要说这半年我收获的最大教训就是如果没有行动支撑空想，那么这份仅存于我头脑之中的空想就相当于不存在。我最大的过错和未了的歉意，莫不来源于此。

这次的考试，我完全是用一种游乐之心来对待的，末了还要安慰自己："能这么轻松愉快地考试大概也是最后一次了。"没错，频繁换寄宿家庭，活动一下子变多，这些都是好用的借口，却没有好用到可以帮我改个好成绩出来。我又一次错误估计了任务量和自己的执行力，数量庞大的生词和艰深的语法，无不成为巨大的绊脚石。归根结底，实在不应该以这种心态对待考试。

不过，因为已经结束了，所以像当初第一次考N1时那样罗列一大堆接下来要做的事其实也没有太大必要了。如果说这一年写了这么多日记让我明白了什么的话，那就是过分苛求过去的自己是没有用的，而且这样对过去的我是不公平的，因为那时的我也在努力活着啊，只是最终没有达到我给自己定下的目标而已。

2018.07.02

某个夏日正午

夏天来了啊。是夏天啊。

我毫不吝惜将一切溢美之词加之于夏天，哪怕这会让我没有足够的词汇去描述其他三个季节。瓦蓝瓦蓝的天，大团大团的、随着高空的风而慵懒地改变姿态的、一看便知十分柔软的白云，柏油路的坡道，绿得发翠的高树，以及不需要画那种透明菱形、只通过光滑物体表面的反光便可以表现出的高强度紫外线。这种饱含创作者爱意的、平凡而又值得成为永恒的夏日图景。这种景象第一次让我明白了何为憧憬，大概就是想向天空伸出手去拥抱云朵的感情吧。

好不容易等到梅雨季节结束，真正的炎夏来临，而我又要走了。花火大会、研修旅行、海水浴和西瓜，除了最后一项以外，这些夏日里的美好我大概都无福消受了。但我所眷恋的夏日，又怎会是能被这种仪式化符号定义得了的东西呢？我梦里的夏日光影，应当是在猛一抬头间映入眼帘的、偶然的相遇，就像今天这样。

今天是期末考试最后一天，因为我不参加而得以上了最后一节茶道课。中午放学后，我就和小亚和小红两个同学一起吃饭去了。因为小红说在学校附近就有一家不错的西式餐馆，我们就一起走着去了。谁知正午的太阳又毒又辣，打起伞来也汗如雨下，偏偏我们三个还都忘了涂防晒霜，最后索性直接往前走了。就是在路上，小亚说了一句："这个景象好吉卜力啊。"

于是我抬起头来，明媚得过分的夏日撞进我的眼睛里，向我打了个招呼。

等到餐馆时，我的衬衫都湿透了。这里的确是个很精致的小餐馆，隐藏在无数灰色的住宅和小楼之间，被树篱和花园小径隔离开来。我们坐在门口等座，打趣说服务员肯定受不了我们身上的汗味。没过一会儿，我们就坐到了座位上，拿了自取的前菜和饮料。小亚和小红各点了一个比萨，我要了一份意式冷面，热乎乎的炸虾配上酸甜的番茄酱汁和冰凉的意面，还有撕碎的罗勒叶与牛油果块，吃起来相当爽口，体内的燥热一下就平息了。最后，我还"好心好意"地帮两人解决了她们吃不下的马苏里拉比萨和覆盖着奇妙的绿色奶酪的比萨各一块。第一次吃绿色的奶酪觉得非常呛口，但吃完之后又承认它是种容易上瘾的味道，怪不得小红这么喜欢。

最后，套餐里还包括三小块蛋糕。我要了一角树莓派、柠檬慕斯蛋糕和一个据说酒精含量极高的小蛋糕。虽然肚子都塞不下了，好在甜点是装在另一个胃里的。树莓派酸甜可口，慕斯蛋糕奶味浓郁，就是这个噱头极高的酒精蛋糕，一叉子下去水分都渗出来了，吃起来湿答答的。

吃完饭后，我们便坐车各自回家了。我坐在公交车上，欣赏风景，吃饱喝足，回家睡个午觉，真是最惬意不过的夏日生活了。

2018.07.02

最后一节茶道课

在憩鸟庵完成冈田老师安排的茶会后，我也上完了最后一节校内的茶道课。学校的茶道老师和冈田老师同为“卖茶流”的茶师，二人之间其实有着相当复杂的缘分。

言归正传，来说说学校的茶道课吧。

第一次知道光之丘有茶道课，应该是在去年来光之丘的学姐的朋友圈里看见的。9月份第一次上茶道课时的心境现在早就忘光了，但我记得它在很早的时候就成了我的心灵慰藉。那个时候面对各种尚不适应的生活习惯与作息，因为语言障碍和同学的交流也断断续续，理科课程并不轻松，还没有发现在这边生活有多少乐趣，住宿生活规律却也孤独。就是在这样的情况下，每周一次的茶道课至少可以让我觉得生活中还有些值得期待的东西。被白色屏风围起来的小小和室，隔间里挂着写有“日日是好日”的卷轴，秋日阳光透过窗帘晒着草席，跪坐在一堆小小的茶具之后，用非常烦琐的步骤与焦躁的心泡一壶玉露或者煎茶。泡好之后“违反礼节”地跑到茶客席上喝自己泡的茶，“违反礼节”地把杯子推到一起，等待盛得满满的第二杯，再用外形惹人怜爱味道却大多如出一辙的应季和果子果腹，安慰一下辛苦了一上午的自己，顺便给午饭做个铺垫——想想吧，那时候我每天中午还要回到宿舍的食堂，从巨大的保温柜里抽出放着饭菜的托盘放在自己固定的座位上，再逆着人流去盛汤盛饭呢！回忆起这些仿佛都是几年前的事儿了。3月以来，随着高三年级毕业，老师改了一下日本文化课的时间，让和纸工艺、穿浴衣和茶道的四课时集中在了周三上午，就变成了穿着浴衣做茶道。

学校每周一次的留学生茶道课不比冈田老师那里严格，不需要从水房处拉门走出来，不能久跪的话盘腿打坐也可以，在榻榻米上行走时甚至可以大步流星——这些在冈田老师那里绝对会得到毫不留情的指正。另外，烹制同一种茶时，即使同为卖茶流，由于茶具的不同做法也不尽相同，导致我时常搞混。总的来说，学校这边是一切从简，但自从学校这边的老师得知我要在冈田老师那里开茶会之后，“小青，这样在冈田老师那里做可不行”的声音就多了起来。

近一年来，我和其他几位留学生一起烹了许多种茶，也吃了各种点心。玉露和煎茶这两个是基本款，有时老师又带我们学着泡抹茶，冬天支起藏在榻榻米之下的小火炉烘烤出散发着香醇气息的焙茶，春天则有刚刚萌芽的新茶以及和樱饼外面包的那层叶子一样酸甜的樱茶，夏天要用一个中空的瓢从水缸里取凉水泡茶——本身玉露就不需要太热的水，当时茶会的时候还特意要用名为汤冷的容器将壶里的热水放凉。老师每次都会一边说着“其实真的按照茶会的标准每杯只能有一点点的，但现在想多喝一点也无所谓嘛”一边给大家倒上满满的第二泡。我始终还是认为，茶道的做法应该只是形式，重要的是茶好不好喝才对，但伴随着老师那句“非常好喝”，大家也都包容了这忽浓忽淡的茶水。说实话，除了麦乐迪由于太喜欢玉露而倒了满满一壶茶叶导致泡出来的茶不甜反苦那次以外，好像还真没人把玉露泡得很难喝过。

说到点心，如果和果子三吃是要品味其名、形与味的话，那我还是对得起这些被我吃掉的小家伙们的。应季花朵形状的例如玫瑰、水仙、紫阳花、杜鹃之类的不必多说，全都是味道类似的生果子，染着鲜艳颜色的表皮甜而软糯，里面包着一块豆沙——永恒的红豆沙，直到有一次从青梅里吃出了略咸的白芸豆馅，着实惊艳到我了。记得去年年末的时候，因为2018年是狗年，所以吃了做成小狗的头形状的果子，结果被我一筷子夹爆。但要说最让我惊喜的一次，大概还是这最后一节课的锦玉，是个包裹着各色小豆沙的透明果冻，入口清凉，非常适合夏天吃，除了化得快以外没有缺点。

所以，这基本就是这一年来在学校学习茶道的全部内容了。这次我没有写太多感悟，因为这些已经在别的日记中写尽了。学校的茶道课与其说真的教会了我什么，不如说它在忙碌的一周中给了我一段非常优哉闲适的时光：喝茶吃点心，和朋友们聊天打趣，课间趴在榻榻米上补觉，一起摆茶具收茶具，把水壶杯子洗好放回柜子里，关灯关门。多么安逸，多么快乐。

2018.07.04

和太鼓与三味线之韵

今天一整天都没有课，只有一场全校一起观看的艺术鉴赏会。要去听一场由日式传统乐器和太鼓和青森县地区的津轻三味线构成的音乐会。这是我第一次欣赏日式传统音乐。虽然事前担心光听音乐会不会睡着，但无论是乐器本身震撼的音色与激越的乐曲，还是整场演出的编排、演奏者们的控场能力，都显示出我的担心是多余的。

非常和风的舞台布置、雄壮的鼓声、演奏者们飒爽的舞姿，传达的感情强烈而直接；三味线音色介乎精巧与苍凉之间，比起二胡或马头琴更像古筝。吸引我的与其说是乐曲，不如说是演奏者神乎其神的技巧。演奏的间隙，演奏三味线的两兄弟还跟大家进行了互动，有点像讲相声一样介绍了津轻三味线的基本信息，包括两兄弟的演奏生涯，引得台下爆笑连连。哥哥问大家觉得三味线大概多少钱一把，台下有同学喊一百零八日元，哥哥回道："这看起来像是摆在百元店里卖的东西吗！"另外三味线居然是猫或者狗的皮做的，有点吓到我了。不过转念一想为什么如果是牛或马的皮我就会觉得很正常呢？中间还有一位民谣歌手献唱，伴着三味线的琴声，那歌声如同小学音乐课本上各地的民歌，婉转曲折，有着长而颤的音。我最喜欢的部分则是名为《瞬辉》的曲子，几位太鼓演奏者手持两个小小的铜锣拍击作响，以彼此间巧妙的配合与专注的神态完成了一场几人间的"传球"大戏，让观者因为这个根本不存在的小球频频拍手叫好。

这场音乐会让我一个对和太鼓与三味线毫无概念的人看得津津有味，尽管我不能说我只用这一个半小时就完全理解了和太鼓与三味线之美。我认为，独特的民族文化在向不同文化圈的人传播时会遇上天然的壁垒，比如像我一开始被和太鼓的隆隆声震得耳朵痛，而后三味线的琴音响起时也没太能体会到那种萧瑟铿锵之感，或者说只感受到了个大概。就算我们承认人类对美的认识与基本的情感很多时候都是共通的，但传达艺术魅力的关键在于共鸣，从小对此毫无接触的外国人就是比自幼耳濡目染的人更难产生共鸣，这也是没有办法的。

因此，要说是什么打动了我，应该就是乐者身上流露出的热情吧。或许就像那首《瞬辉》之所以吸引我一样。与其说是乍一听就觉得"这音乐真美"，不如说是在观赏演奏者挥汗击鼓、沉浸在拨弦中的样子的过程中渐渐接受了“这样一种可以让人如此投入的艺术本身一定很有魅力”这一概念，然后再发觉乐曲之美。这种出于对艺术家的敬佩继而对艺术本身产生欣赏赞美之情的过程，在艺术家看来或许是种令人无奈的本末倒置，但不得不说，我认为这才是让外国人理解并爱上传统文化的捷径所在。

因此说到许多人心心念念的中华传统文化复兴，我觉得首先该做的是我们自己先爱上这文化。比起一上来就抱着“因为这是好东西所以要让更多的人知道”的想法，不如先静下心来想想是什么吸引了自己；比起一上来就让毫无概念的人理解其美妙所在，不如先将自己的热情与精益求精之心表现出来。

当然，文化的传播显然也不会是这么简单的事情，我对这些的理解也只停留在概念上，禁不起深入追问。像上次在憩鸟庵开茶会的时候聊到和服，大家一通抱怨和服又热又紧不方便行动。这时冈田老师突然问我和服好在哪里。我在听到这个问题的瞬间就把它当成了一道跨文化理解能力的简答题，这几年写过的各种小作文瞬间涌入脑海，一时间只能支支吾吾地回答说：“因为是历史悠久的、传统的东西，所以是好东西。”结果被身为陶艺家的冈田老师的女婿吐槽说像总理在国会辩论上说的话。冈田老师也笑着说没想到我考虑得这么认真，她的答案是因为和服是平面剪裁，所以很好叠，放在柜子里也不容易出褶子。

就这么简单。

2018.07.07

短短一个小时的夏日祭

我起这么个标题并不是出于抱怨。事实上，这个夏日祭的存在本身就足够令我庆幸了。不然要我把特意留到最后也没有寄走的日式小包、木屐、发簪和全套带腰带的浴衣原封不动再带回去也太伤人了吧。毕竟把这些东西塞进行李箱的时候，我可是充满了对夏日祭典的期待的。

怎么说呢，最后算了算时间，发现已经赶不上花火大会或者别的什么祭典了。正在叹息时，注意到了本月的图书馆新闻，上面写着七夕（在日本是阳历的7月7日）那天会在图书馆办一场小型夏日祭，会有吊球、套圈等传统项目，以及大家一起跳盂兰盆舞。这对我来说已经是不敢奢求的事儿了。

为了报名，我还特意跑了好几趟图书馆。今天下午，我把全套行头塞进包里，冒着刚刚开始下的细雨坐上了去往冈崎公园前的电车。

我是踩着点到的，到了才发现大家都已经把浴衣穿在身上了，只有我的还在包里。无奈之下，我只好拜托工作人员带我去更衣间，听着一墙之隔的人们就着火热的音乐跳伦巴。好在这一年来在日本文化课上接受的训练没有白费，我十分利索地就穿上了浴衣，虽然因为时间紧迫腰带的蝴蝶结也没有系好，但效果还是很不错的。各位工作人员都惊讶于我居然会穿浴衣，一位来自中国的工作人员还帮我把马尾辫梳成了丸子头——用的是在伊势神宫买的发绳和簪子。

穿着和罗学姐一起在永旺买的深蓝色枫叶花纹浴衣、踩着当初逛犬山城买的木屐，我再次推门进入了不大的会场。会场中到处都用五彩的彩纸装饰得非常热闹，还有挂在竹子上的、写满了大家愿望的各色纸条。平时一直散在肩上的头发盘在脑后，感觉一下就融入了那种轻松快乐的氛围。只是大家背后都插着一把团扇，让我稍微有点后悔把自己在和纸工艺课上做的牡丹团扇寄走了。我在后面跟着学了一会儿，就悄悄摸到队伍中间去和大家一起跳起了舞。只是这时的伦巴与其说是跳舞，不如说是有节奏的广播体操。浴衣的袖子甩来甩去的，感觉很舒服，只是穿木屐的时候脚部的受力点太集中，很快就疼得不行。休息时间我和之前见过好多次的志愿者小姐聊了一会儿，才发现原来觉得木屐很挤脚的不止我一个人，日本人也觉得很痛，就像冬天大家穿着制服裙子和连裤袜都冻得瑟瑟发抖一样。

接下来轮到稍微正式一点的舞蹈了。几位专门跳盂兰盆舞的舞者为我们表演了北海道、山形等地的传统舞蹈，配合和太鼓的伴奏。最后大家一起围着中央的台子一边绕圈一边跳了起来，舞步很简单也很有活力，给人一种庆祝丰收的喜庆，明明盂兰盆节是祭祀逝者的节日，盂兰盆舞却意外地没有什么肃杀或是哀伤感。

我们就这样跳了好几圈，而我也在舞蹈的间隙跑去玩了吊气球。就是那种在日常向的日本动画中很常见的祭典游戏，水池上漂满了五颜六色的装了水的气球，只要用钩子钩起绑住气球的皮筋上的环就可以了。我本想着这还不简单，没想到刚吊起来的气球立刻又掉回去了。原来钩子上连着一条揉成细长条的纸绳，沾了水就容易承受不住气球的重量而断裂，就和用纸抄子抄金鱼一样。发现了这一点之后，第二次尝试的时候我就小心注意不要让绳子沾水，最后成功吊起了一个艳红色的气球，和我腰带的颜色很搭。最后我把它送给了住家的弟弟当气球悠悠球玩。夏日祭的时候看见有人这么玩，我却很担心它爆掉。

夏日祭接近尾声，大家最后围成一圈又跳了一次盂兰盆舞，整个祭典就结束了。我玩得非常开心，可以说从穿上浴衣之时起，这个安静的雨夜就变成了真正的七夕祭典，变成了不普通的一个晚上。不是说这一共只有三十多人参加的祭典真的有多么振奋人心，而是因为它是祭典，所以自然就会开心起来。这就是祭典的魅力吧。

2018.07.08

与大家一起吃的大阪烧

从一年H班时就和我很亲密的几个同学今天给我办了一个欢送会，一起去吃了大阪烧。小红、小纪、小悠、小翔、小良、小井、小柚，还有这次因为时间关系没能来的小亚和小阳，她们从我刚来时就经常和我说话，中午吃便当时也经常聚在一起聊天，周末或放假时还经常一起出去玩，在我扫除结束后搞中文小课堂时也一直很捧场，而且她们九个人中，有六个人都选了中文选修课。我在开心之余，其实也有些复杂——从应试的角度来看，中文显然不如Global Education或者进阶英语更有用啊。

我对这些同学们的感谢与不舍，可能从日记里并不是很能感受到。日常生活中零零碎碎的片段不会被特意写进日记，而即使是在一些集体活动时，我也往往集中在对事件本身的描述，很少专程去写同学们。可我真的很不想离开她们，很不想意识到今晚这顿饭是大家特意为我办的欢送会。我能度过如此充实快乐的一年，很大程度上都是拜我身边的同学们所赐。大家不但没有排斥我，反而在什么事上都会记得要帮我一把，体谅无法跟上大家说话进度的我，还热心地向我问各种关于中国的事。其实刚一开始听说我会去一所教会女校的时候，我心里是有点担心的。除了担心校规会不会很严格之外，就是担心同学之间的关系。但到现在，我所担心的校园霸凌完全没有出现过。班里虽然也有一个个小团体，但不同小团体的同学们彼此之间的关系也都很融洽。本来嘛，有跟自己比较熟的同学，肯定也会有相对不那么熟的同学，这个在哪里都是一样的。

再说今天的送别会吧。今天虽然不是我第一次吃大阪烧，却是我第一次和同学们一起、在饭店里自己做好后自己吃。大家一上来都不让我做，我就看着小红熟练地将切碎了的卷心菜、芝士等食材倒在烧热了的铁板上，围成一圈后再在中间倒上面糊。面香升起的同时，液体状的面糊也逐渐凝固，这时候再把各种食材和面糊一起翻炒、混合均匀，再翻一次面后，等已经成为固体的大阪烧上出现一点点焦黑，就可以盛到盘中，浇上蛋黄酱和甜咸的酱汁，吃到热乎的大阪烧了。虽然每个人手中都有一把小铲子，但我那把几乎只用来把我那部分盛到碗中。

除了大阪烧，我们还吃了文字烧。虽然区别不大，但比起大阪烧，我更喜欢黏稠的、入口即化的文字烧。等到分最后一块的时候，我说着“那我就要一点吧”，结果一铲子下去一整块都被我撬了下去，大家笑得不行，说整块都给我算了。

大家一边吃一边聊，像大阪烧这种热腾腾的食物总能让人也变得火热起来。不知何时起，我已经可以和同学们毫无障碍地飞快地说话、接茬了。在当时我觉得这是挺正常的一件事，但现在想来，和一年前的我相比，我还是进步了很多啊。大家用学了一个学期的中文向我搭话，把事先准备好的礼物送给我，毫不在意邻桌地放声大笑。我也不知怎的就戴上了同学们送的发卡，开始用奇奇怪怪的腔调说话，还一杯一杯地要饮料。虽然一滴酒都没碰，但我相信大家肯定是醉了，醉到一直往车站跑的时候都还在唱歌。站在夜风里，大家总算平静了下来，一起坐车回去的时候就安静很多了。

回去的路上，小井问我："真的要走了吗？"我说："是啊，后天最后一天上学。"小井听了之后，用一种看不出是开玩笑还是认真的表情说："小青，别走。"再回忆起这个画面的时候，我难过得都要哭出来了。但在当时，我只是笑着摇了摇头。

2018.07.10

最后一天上学

这就是最后一天了，真的是最后一天了，我这几个月来一直有意无意地回避着不去想的这一天，真的到来了。一如既往地带着便当和书包出门，一如既往地搭乘电车，一如既往地爬上那个大坡，一如既往地和路上碰到的同学打招呼、聊天，一如既往地抱怨天怎么这么热。一切都和过去一年中每个平常日子一模一样，直到同学试探着问我："之前说今天就是最后一天来着？"

是的，这就是最后一天了。明天这个时候，我就已经在去往东京的新干线上了。一年来陆陆续续送别了许多人，今天终于轮到大家送别我了。昨晚我给各个住家写信写到深夜，今天还要打起精神面对同学们。其实最近几天我心里一直有点郁闷，因为明明我从6月开始就在用一系列行动铺垫我即将走的事实，但除了上周末和几个同学一起去吃了大阪烧之外，大家对我的态度一如往常，如常到有点让我难过。我还自己安慰自己说这样就好，这样就不会有太大的情绪波动，毕竟即使没有形式上的告别，美好的回忆也依然会留在心里——我一边用这种自己听了都觉得可悲的话安慰自己，一边对朋友圈里其他十二期同学们发的为他们举办的欢送会眼红不已。

一大早到了学校后，一如既往地把东西放下，一如既往地和同学们打招呼。不同的是，我跑了几趟，把明信片和信交到了照顾过我的老师和平野姐姐那里。平野姐姐给了我一个大大的拥抱和两大包我最爱吃的魔芋果冻。

第一节是原来班主任老师的课，老师把信交给了我。像高一结束时那样，我从几周前就拜托同学们给我写了留言，但这次除了同学之外也请老师们给我写了信。老师的信上说："相信不用我说，小青也会利用这一年中学到的一切，去向更广阔的世界吧。"——曾几何时，这个当初为了方便大家好记的昵称几乎已经成了我的正式名称，老师、同学、住家都这样叫我，就连有时班级活动的名册上都会在几十个姓氏中出现一个显眼的"小青"。往后，就算我依然待在日本，恐怕能听到有人用这样亲密的叫法叫我的机会也不多了吧。小青这个名字是属于光之丘、属于这一年的。

第三节日语课上，我去和日语老师告别。日语老师给我的嘱托是："不要把自己逼得太紧，不要让自己太累。"我开玩笑说我一直很懂得如何开心玩耍的，又说未来也想成为老师这样优雅而幽默的女性。

第四节是古文课，我则忙着给同学们写临别语。结果课上到一半，老师看了看表，突然宣布接下来就来办小青的欢送会吧。同学们仿佛早就约好了一般，纷纷起身开始摆桌椅，并从书包中掏出了各种彩纸包装着的、大大小小的礼物。在我还没反应过来的时候，就被无数七彩的包装袋包围了。原来，大家本来原定要在第三节班主任的课上给我办欢送会的，结果完全不知情的我去图书馆上了留学生日语课。于是大家又和古文老师商量能不能留出半节课的时间来。这种事情至少提前跟我说一声啊。

在同学们的簇拥下，我在讲台上拆开了班主任老师的礼物——是一个非常精致的漆器笔筒，因为日本的英文Japan是漆器的意思，和代表瓷器的China有着某种异曲同工之妙。在给大家展示了这个笔筒之后，大家又让我说点什么。说点什么的呢，这种场合也只能说点和告别致辞时差不多的话，像是“和大家一起度过的每一天都非常幸福”，或者“这一年的一切我永远不会忘记”，还有就是“期待着和大家再见的那一天”，无论哪句听起来都是苍白的场面话，但真的说出口时又全无告别致辞时的平静心境，但大家都还在笑着，我也不能哭啊。

总算说完了，大家又开始无止尽地拍照片，从全班的集体照到几人间的照片，我把相机交给了同学，自己尽情跟同学们摆起了姿势。午休时间到了，大家把桌子拼起来吃起了便当。今天松永妈妈特意做了我爱吃的鲑鱼，同学们则带来了各种点心与零食，花花绿绿地铺满了整个桌子。我们就这样开心地一边吃、一边聊、一边拍照，比起平时的中午要热闹多了。没有太多道别、询问或是嘱托，我们聊得还是平时的话题，还是和往常一样“随心所欲地闲聊”。我一边沉浸在对话中，一边默默感受着这种微妙的错位感。眼前的一切都建立在我明天就要走的事实之上，但大家还是在努力地把它当成普通的一天。我说不清是否该感到庆幸。

午休时间结束，参加中国台湾研修的同学因为明天就要出发，所以午休结束后就要回去了。在人声鼎沸的教室中，我突然听见面前的小亚问我：“真的要回去了吗？”

我就是在这个时候哭出来的。我最后还是没能忍住，因为我这次真的要回去了啊。在这之后的一切都因泪水的遮盖而模糊不清，但我记得我一开始在教室内，后来不知怎的又来到了走廊上，我记得我和无数人拥抱、道别，送出明信片的同时收到礼物，在含混地道谢的同时模糊地听到别人对我道谢。前天一起去吃大阪烧的几个同学还特地为我做了一本相册，上面贴着我们一起出去玩时留下的照片和每个同学为我写的话。我一边翻一边哭，身边的人也在抹眼泪，但抱歉的是我甚至不记得当时身边的人是谁，只记得最后在楼梯口送别那些同学时她们的百褶裙越飘越远的景象。

下午的漫研社上，大家又给我开了一遍欢送会。这次大家送我的礼物也非常具有漫研社的特色——是无数张我喜欢的角色的插画。突然被喜欢的角色包围，让本来应该很悲伤的我笑得停不下来。

社团活动结束后，我没有太早走。一是大家给的礼物太多没有同学们的帮助我一个人根本收拾不完，二是我想多留下来一会儿再好好看看这里，三是我给大家的信还是没有写完。终于，教室里不剩几个人了，我也把信放进了大家的桌洞里。教室后的储物柜上挂着大家写的七夕祈福签，我本来说要把我的带回去，但大家一致说还是留在这里挂着比较好。来到光之丘的第一天，我便是这样在教室里留到了大家都离开。真的已经过去那么久了吗？

薄暮之中，我拎着大家沉甸甸的心意一路往回赶。松永家今晚定了海鲜饭，还有冰激凌蛋糕，我得赶快回去才行。

结果吃完饭回到房间，想着终于可以开始收拾行李和这一片狼藉了，没想到看着这一大堆礼物，我自己又哭了起来。我觉得我今天那么伤心，除了不舍得和大家分开以外，也在害怕以后再也遇不到这么好的同学们了。理解、认同、憧憬、欣赏、依恋与爱，是我们在这个总令人失望的世界上所能得到的最珍贵的东西。我甚至不愿把她们的故事与人分享，因为那些话语和感情是只属于这方天地，只属于那个从千里之外的北京来到这里生活了一年的小青的。仿佛只要不说，一切就还会继续，我们就还可以继续积极地逃避必然的分离，假装明早仍然会踩着点赶上电车，走一条长长的坡道又热又累地来到学校，拉开门时空调的冷气扑面而来，听到早来的同学们一齐向我道早安，而我则回以同样的话语——就在写下这些以前，我曾暗自以为这样的日子会永远持续下去，直到这场梦醒来为止。

2018.07.11

最后一次给别人添麻烦

我没有想到，都最后一天了我还能给别人添麻烦。

昨天晚上是我在冈崎的最后一个晚上，也可能是我这一年来最绝望的一个晚上。或许是因为刚刚哭过，所以收拾行李的进度远比我想象中慢。更为可怕的是，我本来就已经塞得很满的行李箱，再加上同学们送的各种包装精美的礼物后，彻底装不下了。

因为我在一层的榻榻米处收拾，占了弟弟晚上睡觉的地方，所以弟弟只能去沙发上睡觉了。我在满怀对弟弟的歉意的同时，和松永妈妈一起拆掉了绝大多数刚刚收到的礼物的包装，否则根本不可能全部放进去。松永妈妈更是找出了可以抽真空的袋子，把我的衣服压缩到了最小限度。我们就这样折腾到了半夜，我和妈妈都筋疲力尽，还要腾出时间来处理拆礼物的包装时拆出来的垃圾和我实在带不走、只好留下的文具与日用品什么的。想不到和松永家留下的最后的回忆居然是这样的，我简直都快待不下去了——虽然我本来也就待到今天了。

拉着沉甸甸的行李箱，拎着几大兜子礼物，我就这样告别了松永家，到了车站。没想到这一年来几乎从未晚点的电车今天整整迟了二十分钟，害得本来计划得很好的行程全部被打乱了。等我坐着电车到达丰桥站准备换乘新干线时，我要搭的那一班已经走了。

孤身一人带着我的全部家当，我急得不知道该做什么，只能和“心连心”的老师联系。幸好新干线的车票可以在有效期内坐任意一趟的自由席，所以我又慌忙拎着大包小包跑下了一段非常高的台阶，完全没有注意到旁边就是直梯。好不容易坐上了下一班新干线，跑了半天，口干舌燥的我又发现自己没有来得及买水和吃的。

我既不敢趁停车的这几分钟间隙去买水，又不敢把这么多东西放在这里去找车内的自动贩卖机。这时，同学们送给我的各种点心与零食就派上了用场。我没翻找几下，就找到了魔芋果冻和菠萝包，还有一大堆巧克力。菠萝包上还写着同学的话，她说她记得我有一天吃午饭前去学校小卖部买了一个菠萝包，一边吃一边说好吃。飞驰的新干线上，冈崎正在我身后被我越抛越远，而我坐在平稳的车内，撕开了菠萝包的包装。

我就这样，在各种应接不暇的突发状况与手忙脚乱之中结束了为期一年的留学生活，向最后的研修目的地东京进发。

2018.07.14

回去，或是说再度出发

在机场告别了“心连心”的老师们，我沉重的行李最后也平安无事地托运走了。发动机轰鸣，铺着草皮的地面和海平面也快活地奔跑起来，随着机身的震动而上下跳跃。在某个可以预见的瞬间，飞机与地面间的连接感被骤然抽走，反应过来时窗外的景色已经骤然变换，航站楼缩成等比例模型大小，码头上一排排集装箱好似码得整整齐齐的积木。飞机旋转时波光摇晃在浑浊的海水上，让人疑惑——我还记得八九岁的时候第一次来日本时在回国的飞机上看到的海。那是某种看上去像矿物般让人莫名觉得很坚硬的蓝，上面有小艇掉头时刮出的白色花纹。那时我从高空往下看，飘飞的白浪以一种不慌不忙的速度与端庄优雅的姿态勾勒出温柔的弧形，那种安宁祥和的图景直到今天都难以忘怀。而今天，小艇溅起的浪花如同掉在大理石地板上后被蹭花了的奶油，或者挤在胳膊上、尚未抹匀的防晒霜。

那时的我，肯定怎么也想不到，将近十年后，我会花整整一年在日本的一座小城里学习、生活。最后的研修也结束了，我们也从“心连心”的第十二期生变成了毕业生。这一切，就这样顺理成章地、完满地结束了。

这一年的我实在是收获了太多太多，而且只要想到有关这一年的一切，心中便会变得十分温柔。回国了，未来还有一系列的考验在等着我，而不久之后我还会再次赴日——不同的是，下次就不会再有老师与住家照顾我了。好在，这一年里我所经历的一切，一定会成为日后重要的积淀与财富。而那些挥之不去的风景，那些难以忘怀的笑脸与欢声笑语，一定会让我在某个消沉的夜晚，找回继续前进的勇气。经过了这一年，我终于有了将自己的观点讲给更多人的勇气——这也促使我将这一年的日记整理了出来。对于当初那“怯懦的自尊心与傲慢的羞耻心”，我不敢说真的克服了，但至少，我能感觉到我正在改变。这当初被我用来逃避的一年，赋予我太多东西，帮助我成了一个比起出发时的我更好的人。

仅仅如此，在我看来就已经足够。

这一年之中，有太多人对我施以友谊、善意，以及信赖；我也尽自己的最大努力回报了身边的人们。反思那个“交流”的目标，我认为我其实已经在无意间做到了——和当时在一年H班的留言册上看到的一样，这次二年J班里也有很多同学在留言中表明她们在和我相处的过程中对中国有了更多了解，也有人说她们往后会继续学习中文。这些无意间的输出，我自己可能反而注意不到吧。对于今后，心里是期待也好担忧也好，我能做的只有继续前进。前进，坚定地前进，如果遇到问题就一边解决一边前进，如果遇到困难就一边克服一边前进。只要继续前进，身边就一定会出现美好的人，只要继续前进，脚下就会出现下一步的路。这种想法实在是过于乐观，但此刻，在经历了这一年的风风雨雨后，我无比坚定地相信着这一点。与其说我相信的是自己，不如说是被他人所相信着的自己。因为有太多人相信着我，所以为了不辜负他们的信任，我也只有继续向前。

后记
没有一件事情是没有意义的

我真的度过了好幸福的一年啊。一年之后重读这些日记，我心里的第一感受便是如此。遇到了那么多真诚善良的人们，体验到了那么多丰富精彩的活动，那些鲜明的色彩至今还能瞬间就回忆起来。十六岁这年在日本经历的一切，想必今后也会一直留在我的心中吧。

那一年对我来说究竟意味着什么，这个问题我恐怕现在都还很难回答。但毫无疑问的是，这一年改变了我太多太多。从一个怀着“怯懦的自尊心与傲慢的羞耻心”的、只想去异国他乡充实自己的人，到一个可以坦然接受自己的不完美却依然想要继续前进的、想要与更多人进行双向交流的人。现在，站在一个更远的角度，如同读他人的故事般读完自己当年的日记后，我终于可以对当初那个迷茫的、心怀恐惧却依然生龙活虎地想要前进的我说一句：“辛苦你了，做得好。”

真的，辛苦你了。当初那些困扰着你的事，比如学习、自律与时间管理，显然依然是现在的我难以克服的弱点；当初你所产生的想法与感悟，在一年后的我看来，仍然是非常精彩而有趣的观点。那些快乐，现在想来仍然熠熠生辉；那些痛苦，现在再看则都成了可以笑着讲起的、成长故事的一部分。

重读时，我注意到了日记里有许多对过去的追悔，为什么没有花更多时间在某件事上，为什么没有做出另一个选择，为什么没有把事情做得更加尽善尽美。可在读完这些日记后，现在的我对一年前的一切没有任何悔意。因为这些日记里所记录下的我，始终是那样的乐观而充满干劲，独自在一个陌生的地方生活、坚强地解决各种问题、积极地前进着。对于这样的我，现在的我又有什么资格去觉得不满呢。

现在看来，如果那时我把太多时间花在学习上，反而是对那一年的浪费。毕竟N1词汇还可以再背，但家康行列、樱花祭可很难再有机会参加了。这样看来，那时遵照自己的意愿而开开心心地尽兴地度过了这一年是一个非常正确的选择。

一年过去，当时我所担心、在意的事情也都或多或少有了结果。我还是搞砸了很多事，也办好了很多事，总体而言还是在跌跌撞撞地成长着。但至少有一点，我是可以向过去的自己夸耀的：我还和当时认识的人们保持着联系。今年春天来临，冈崎城的樱花再度盛开时，我又去拜访了各个住家，还和同学们在樱花树下铺着席子赏花来着。当时觉得放也不是留也不是的这份细若游丝的缘分，至今还被我牢牢攥在手中。

高二那一年的一切，至今深深地影响着我。我甚至觉得，短时间内我都绕不开这一年里的一切了。现在的我还是会不自觉地买一些当年吃过的日式点心，在闻到路边投币式洗衣房的气味时会下意识地想起宿舍那一排洗衣机，甚至还会偶尔穿穿我后来买的光之丘校服，仿佛我的一部分还活在那一年里，用各种微小的抵抗显示出不愿醒来的决心。

当然，我觉得这样没什么不好的。人是需要在心里有所牵挂的，对我而言，那座城市与那方土地上的人们就是一份牵挂。

对于读到这些日记的读者，我唯一担心的就是我笔下的一切都过于美好，会让大家对日本与日本的高中生活产生误解。在写日记的过程中，我可能有意无意地略过了一些令人不快的内容。一方面我是觉得这种东西写出来也不会让我更好受一点，一方面我是觉得与其花费笔墨记录这些东西，还不如让自己记住那些美好的事物。此外，我也知道我实在是过于幸运，唯一能做的也只是感激我所遇到的人们。

所以，这就是我那一年在日本的经历了。面对当时还在为一些有的没的而后悔着的我，野本妈妈告诉我：“没有一件事情是没有意义的。”现在回顾那一年，的确，没有一件事情是没有意义的。能在异国他乡遇到那么多善良的人、体验奇妙的异国文化、实现自我的成长，真的是一个令人不敢奢求的奇迹。虽然当时我就是这么想的，但到了现在我更加确信这一点了。愿我这奇迹般的一年，可以传递给更多的人。